KB149955

들여다보니 찬란한 저마다의 빛깔

# 들여다보니 찬란한 저마다의 빛깔

**초판 1쇄 인쇄**_2022년 2월 10일 | **초판 1쇄 발행**_2022년 2월 15일
**지은이**_대구 수성고 백 명의 학생들 | **엮은이**_김동희
**펴낸이**_진성옥 외 1인 | **펴낸곳**_꿈과희망
**주소**_서울시 용산구 한강대로 76길 11-12 5층 501호
**전화**_02)2681-2832 | **팩스**_02)943-0935 | **출판등록**_제 2016-000036호
e-mail_jinsungok@empal.com
ISBN_979-11-6186-117-3 43810
※ 책 값은 뒤표지에 있습니다.
※ 새론북스는 도서출판 꿈과희망의 계열사입니다.
©printed in Korea. | ※ 잘못된 책은 바꾸어 드립니다.

2022 대구광역시교육청 책쓰기 프로젝트

# 들여다보니 찬란한 저마다의 빛깔

**수성고 백 명의 학생들** 지음
**김동희** 엮음

꿈과희망

전례 없는 코로나 사태로 그나마 있던 모둠 활동도 교사와의 교류도 모두 조심스러워졌다. 기왕 이렇게 된 거, 스스로에게 집중할 시간으로 쓰면 어떨까. 아이들에게 온전한 '나'를 들여다볼 시간을 선물하고 싶었다.

수행평가로 시를 쓰고 발표까지 한다고 하니 아이들의 얼굴은 사색이 되었지만, 나에게 집중하는 시간을 주니 고요한 교실이 묵직한 에너지로 가득 찼다. 가만히 들여다보니 남들과 다를 것 없어 보였던 나에게도 이야기가 있었음을, 나만의 빛깔이 있었음을 깨닫고 있었다.

몇 편의 학생 시를 소개하고 '처음부터 잘 쓰려고 하면 실패한다! 내면의 말을 잘 듣고 그대로 적어 보자!'라는 주문을 했더니 아이들은 어렵지 않게 시 쓰기에 돌입했다. 마치 이 순간을 기다려왔던 것처럼. 삶에서 느낀 수많은 정서에 집중해 글감을 찾고 최대한 솔직하게 쓸 수 있도록 독려했다. 피드백을 하긴 했지만 많이 제한하지는 않았다. 시를 다듬고 완성하는 과정에서 아이들이 스스로 알맹이가 가장 중요하단 것을 느끼길 바랐다.

다음 단계에서는 시를 다듬기 전과 후의 작품을 스스로 비교하며 어떤 것들이 시를 더 시답게 하는지 배우게 했다. 이 단계에서 책 속에서만 배우던 운율 형성 방법이나 다양한 표현법에 대해 가장 많이 배운 것 같다. 짤막짤막한 일기였던 글이 시의 모양새를 갖추기 시작했고 아이들도 점점 욕심을 냈다. 쉬는 시간이나 점심시간에 시를 들고 찾아오는 아이들이 늘었다. 일정 기간을 더 주고 최종적으로 완성한 시는 창작 배경을 소개하는 짤막한 글과 함께 일괄적으로 제출하게 했다.

세 시간에 걸쳐 학생들의 창작 시 발표 시간을 가졌다. 시 낭독을 포함한 전체 3분 내외의 발표라는 것 외에는 아무런 틀을 주지 않았다. 아이들은 각자의 방식으로 시를 소개했고, 자기 이야기를 했다. 모든 발표는 아이들의 수만큼이나 다양했고 모두가 서로 달랐다. 참된 나를 발견하는 과정, 가족에 대한 미안함과 고마움, 꿈을 향한 여정과 혼란, 관계의 어려움, 일상에서의 깨달음, 소중한 것에 대한 마음 등 하고 싶은 말도 많았다. 보이지 않던 아이들 하나하나가 제각각의 색으로 빛이 난다는 것을 느꼈다. 이 느낌은 발표를 듣고 있던 나머지 아이들에게도 마찬가지였다. 이 눈물 나는 감격의 순간을 꼭 기억해두고 싶어졌다.

책을 만들겠다는 생각으로 동의를 구했고, 많은 아이들이 기쁜 마음으로 참여했다. 참여 아이들과 함께 끈질기게 원고를 다듬은 후 혼자서 원고를 매만지며 그 마음을 다시 읽을 수 있었다. 생기부 가득 자신의 역량과 꿈을 포장해 꾹꾹 눌러 담는 아이들이, 정작 자기를 이해할 시간이 없어 아파하고 방황한다는 사실을 마음 깊이 느끼게 되었다. 고민과 걱정으로 시작된 시 창작 수업의 여정이 너무나 가치 있게 꾸려진 것이 모두 아이들 덕택이라는 생각에 너무나 고맙다.

가만히 들여다보면 흐릿한 유리에도 얼굴이 비치고 가만히 눈을 감으면 작은 새들의 노래가 들리듯, '시 쓰기'의 여정도 아이들에게 나를 바라볼 소중한 시간이었기를 바란다.

끝으로 기초 작업에 많은 도움을 준 국어 도우미 손서형, 곽나연, 장예은, 도예연, 이나경, 여정민, 장보미, 박지윤, 김규리에게 덕분에 수월했다고 꼭 말해 주고 싶다. 또 최종 마무리 작업에 열정과 애정을 쏟아 준 다섯 명의 든든한 제자 김수민, 송빈, 장유린, 조수빈, 최지안에게 정말 고맙고 사랑한단 말을 전한다. 시 창작 수업을 함께 진행해 주신 송혜남 선생님, 아이들의 시에 많은 관심을 갖고 응원해 주신 2학년 담임 선생님들, 책으로 만들기까지 많은 이해와 도움을 주신 서상경 교감 선생님과 최재홍 교장 선생님을 비롯한 수성고등학교 모든 선생님들께 깊은 감사의 말씀을 드린다. 아울러 걱정으로 시작한 책쓰기가 무사히 마무리되기까지 아낌없는 도움을 주신 김묘연 선생님과 배설화 선생님께 특히 감사의 말씀을 전하고 싶다.

2021년 겨울, 수성고에서

김동희

이 책은 일종의 고백록이다. 흔들리는 고등학생 우리의 진솔한 마음을 처음으로 세상에 드러내 본다.

맨 처음 수행평가로 시를 쓴다는 소식을 들었을 때 가장 먼저 든 생각은 '과연 내 진솔한 이야기를 담아낼 수 있을까'였다. 시를 어떻게 써야 할지 감도 잡히지 않았고, 나 스스로 점수를 위한 꾸며진 시를 쓰지 않을까 걱정도 되었다.

형식에 맞추어 시를 쓰기 전에, 나에 대해 알아볼 수 있는 시간을 가졌다. 빠른 속도로 달려오기만 했던 시간을 잠시 멈추고 가만히 나를 들여다보니 나 자신도 알지 못했던 나를 발견하게 되었다. 이 과정에서 '진짜 나'의 이야기를 시로 쓰고 싶어졌다. 쉬는 시간에 친구들이 자신은 어떤 이야기로 시를 쓸 것이라고 서로 얘기하는 걸 들었을 때, 친구들도 나처럼 시를 쓰는 게 기대되기도, 시를 잘 쓰고 싶은 욕심이 생기기도 한 것 같았다.

시를 처음 쓴 날에 반 친구들과 서로 피드백해 주는 게 과제였다. 친구들은 자신의 시를 부끄러워했지만 나는 친구들의 시를 읽으며 평소 대화로는 알지 못했던 그들의 마음속 동굴에 들어가 본 기분이었다. 이 친구는 이런 생각을 가지고 있었구나, 이런 경험을 했구나. 친구들의 새로운 면을 보게 된 시간이었다. 우리는 더 이상 아무도 시 쓰기를 과제나 평가의 대상으로 여기지 않게 되었다. 그저 시다운 시, 마음을 파고드는 시를 쓰기 위해, 쓰고 싶어서, 애썼다.

시 쓰기 수업을 하고, 시집을 참고하고, 친구들과 서로의 시를 공유해 조언을 얻기도 하면서 점차 시에 대한 지식이 쌓여갔다. 물론 자신의 이야기를 더 효과적으로 전달할 수 있는 표현법과 시어들을 골라내고 풀어내는 과정에서 어려움도 겪었다. 하지만 결국 이러한 어려움들 끝에 마음에 드는 시가 완성되었을 때의 기분은, 이루 말할 수 없이 기뻤다. 항상 교과서에서만 배워왔던 것들을 실제로 적용해 보는 것에서 시의 재미와 가치를 알게 된 친구들도 더러 있는 것 같았다.

시 발표가 있기 전에, 우리가 제출한 시와 작가의 말을 모두 출력해 교실 뒤 게시판에 붙여 뒀었다. 친구들과 함께 서로의 시를 읽으며 대화를 나눴고, 이는 시 발표에 대한 기대감이 더욱 커지게 했다. 시 발표를 들으면서는 작가의 말에는 다 담아내지 못했던 창작 배경과 시어의 의미 등을 알게 되었다. 같은 나이대에 겪을 수 있는 고민, 생각들을 담은 이야기들이 많아 마음 깊이 공감할 수 있었다.

마음속에만 담아뒀던 우리의 이야기가 세상에 나온다는 게 떨리기도, 설레기도 한다. 책 제목처럼 들여다보니 찬란했던, 우리의 소중한 빛깔을 기록할 수 있는 기회를 주신 선생님들께 감사드린다.

백 명의 친구들을 대신하여,
조수빈, 최지안, 김수민, 송빈, 장유린

■ 차례 · 들여다보니 찬란한 저마다의 빛깔

■ 엮은이의 말 005
■ 지은이의 말 008

## 0 가만히 들여다보니

조금이라도 타원형이 될 수 있다면_윤세민 018
마음(error)_장예은 020
도화지_도예연 022
포도송이_김현주 024
고소공포증_정재영 026
업로드_김규리 028
힘_박서연 030
함께?_소효진 032
마음 조각_이혜지 034
무제_예지현 036
자격증_정현지 038
텅 빈 놀이터_라규리 040

## 1 고맙고 미안한 사랑

당신은 나에게_김수민 044
나의 누군가_박미진 046
고2병_김재인 048
자물쇠_김지은 050

침묵_우유빈 052
따뜻한 스크램블_곽나연 054
아빠_성정은 056
연결 고리_손민서 058
홍합탕_서지애 060
가족의 눈물_황채영 062
온기_신효리 064
손걸레_여현진 066
냉동실_백지예 068
목소리_박서원 070
삼킨 말_손영은 073
우편_손승미 076
나의 느티나무_이경윤 079
땅콩_손서형 082
다짐_전수현 084
가위 손_서기주 086
카네이션_이민조 088
아침밥_박민서 090
미로_우시원 092

## 2 꿈을 향해 가는 길

k-고등학생_조수빈 096
초신성 폭발_장유린 099
성숙의 법칙_송빈 102
피아노_김보민 104
미래_서은솔 106
별_김나영 108
공_최시은 110
메이저(마이너)_장유림 112
꿈과 함께_김유진 114
새로운 빵_홍가영 116
무채색_김규리 118
꽃_김유정 120
꼬집는 입들_김서연 122
계란으로 계란 치기_문지영 125
벚꽃의 꽃말, 공허_장서령 128
내 머릿속 물음표_윤세령 131
새벽_정예진 134
숫자의 힘_김채윤 136
타임루프_손소연 138
지렁이_최혜인 140

나의 자유 시간_시혜리 142
활자_정수현 144
묻어버린 밤_정유나 146
가뭄_서민서 148
슬라임_서은혜 150
10시_이가은 152
세상에서 제일 부러운 사람_전지우 154
늪_하혜진 156
시험지_박보정 158
분실물_장서윤 160
나를 위로하는 밤_이지현 162
생일_이예진 164
반시계방향_현정민 166
자기소개_권기민 168

## 3 관계에 익숙해지는 법

황화병_최지안 172
삼원색_장보미 174
의미 부여_김주혜 176
접촉사고_김혜진 178

그때_김민정 180
단짝_박유진 182
그 순간_이나경 184
열쇠와 자물쇠_이정민 186
꼬르륵_최연진 188
실_류벼리 190
고래_이세빈 192

## 4 일상 속에서

눈물을 흘려야겠다_서예빈 196
사쿠라_이채영 198
가려진 표정_이상화 200
한 마디_최가연 202
전단지_박민주 204
부끄러운 엉덩이_여정민 206
달_이유원 208
꿈 속 여행_서유진 210
불쌍한 줄무늬_최송아 212
그리운 딱밤_김혜영 214

## 5 소중한 무언가


그 자리에 멈춰서서_김연우 218

베이스_김채윤 220

진주린_김정인 222

너의 모습_정지은 224

일기장_남연우 226

야옹_황수연 228

추억의 맛_최아현 230

냄새_이다현 232

벚꽃_최하은 234

신기루_조세빈 237

# 0. 가만히 들여다보니

\-

자신을 들여다보고 내면을 진솔하게 그려냈다.

시를 통해 스스로를 어루만지고,

있는 그대로를 받아들이고,

성장을 다짐하며

우리들은 참된 '나'를 발견하는 과정에 있다.

# 조금이라도 타원형이 될 수 있다면

윤세민

지구는 둥글어
구니까

근데 나는 네모야
심지어 반듯반듯
한 변의 오차도 없는

둥글어야 잘 굴러가는데
모두들 둥근데

나는
구가 될 수 없는 걸까

아니,
조금 찌그러진 타원형이라도
될 수는 없는 걸까

시작(詩作) 노트

항상 반듯반듯하게 살려고 했고 나를 조금의 틈도 없는 완벽한 사람으로 만들려고 하다 보니 여태껏 나 스스로를 나만의 틀에 가두며 살아왔다. 그런 모습이 다른 사람들의 눈에도 보였던 것인지 중학교 1학년 때 학교 선생님들께 네모 같다는 말을 들었었다. 그때는 내가 모범적이라는 뜻으로만 생각하고 기분이 좋았기에 네모의 이면적인 뜻까지는 미처 생각하지 못했는데, 지금에 와서 생각해 보니 틈 없는 틀 속에 스스로를 가두고 있다는 심오한 의미도 담고 있다는 것을 깨달았다. 나를 가둬왔던 나의 틀에서 벗어나고 싶은 마음을 조금 찌그러진 타원형으로 표현해 보았다.

친구의 말

틈 없는 틀 속에 스스로를 가둔 모습을 네모로 표현한 게 인상 깊었다. 그런데 나는 굴러다니지 않고 자기 자리를 지키며 제 할 일에 최선을 다하는 '네모' 세민이도 좋다. '구'와 달리 모난 부분도 있고 매끄러운 부분도 있으니 가끔 스스로를 답답하게 느끼는 때가 오면 '나에게 모난 부분도 있지. 이럴 때가 있지.'라고 생각하길 바란다.

★ 김수민

# 마음(error)

장예은

가시 돋친 말에
물컹한 마음을 내민다
error error error
찔린 마음에서
끈적한 푸른 액체가 나온다
당연한 결과다

가시 돋친 행동에
감싸진 마음을 내민다
print("죄송합니다.")
굳힌 단단한 껍데기에
조그마한 푸른 생채기가 남는다
당연한 결과다

가시 돋친 몸짓에
흐르는 마음을 내민다
아니 잠시만… error
껍데기를 뚫고 푸른 액체가 나온다
당연하지 못한 결과다

터져버린 마음이 보인다
당연한 결과다
아파

시작(詩作) 노트 

상처받았던 말에 대한 감정과 생각을 그대로 말하면 항상 더 큰 상처가 되어 대신 형식적인 말과 행동을 하면서 살아왔다. 어느 날 갑자기 상대가 무심코 던진 말에 잘 대처하지 못하고 욱해서 짜증을 낸 적이 있었는데 그때부터 계속해서 쌓인 감정이 터지고 있는 것인지 요즘 자꾸만 짜증을 내게 된다. 그런데 쌓인 감정을 드러내도 후련하기보다는 마음이 불편하고 더 상처받는 기분이 들었다.

친구의 말

누군가의 말에 상처받은 마음을 감추려 형식적인 말로 포장하는 모습이 공감되었고, 상처 주는 말에 조금씩 생채기가 남다가 결국 마음이 터져버리는 과정을 잘 표현한 것이 좋았다. ★ 윤세민

# 도화지

도예연

하얀
하아얀 바탕인 나는
쉽게도 물이 든다

본연의
하아얀 내면을 지니고
슬며시 물이 든다

단색의 세상
연노랑 연두색을 거쳐
어떤 색이 될지는 모르는 채로

오늘도 색을 품는
하아얀 나는
어떤 색으로 물이 들까

시작(詩作) 노트

모두 자신이 잘하는 것이 하나씩은 있다고 한다. 나는 아직 그 하나를 못 찾은 것 같다. 어떤 것에 조금 능력이 있는 것을 안다면 나를 그쪽에 특화할 수 있을 것 같은데, 모든 분야에서 60% 정도만 해내는 나의 어중간한 모습에 상당한 스트레스를 받은 적이 있었다. 다재다능이 아닌 중재중능의 내가 도출해낸 답은 하나에 꽂히지 말고 60%를 모아 하나에 잠식되는 것이 아닌 여러 색을 받아 나만의 색을 가지는 사람이 되자는 것이었다. 그래서 남들보다 느릴지는 모르지만 천천히 하나 둘의 재능을 모아 나를 완성하고자 하는 마음을 시로 표현하게 되었다.

친구의 말

우리는 적성과 진로에 대한 걱정이 많은 시기인데 그 혼란스러운 마음을 도화지에 물이 든다고 표현한 것이 아주 시적으로 느껴졌다. 나도 한 가지 특별하게 잘하는 것 없는 사람이라 늘 의문과 불안이 뒤따랐는데 예연이의 시를 읽고 따뜻한 위로를 받게 되었다.

★ 정유나

# 포도송이

김현주

나는 포도송이
한 알만 상해도 팔리지 않는
나는 포도송이

내 눈이 짝눈이라서
내 코가 안 예뻐서
내 얼굴색이 까매서
나는 내 얼굴이 싫다

나는 포도 한 알만이라도
상해서 팔리지 않는
포도송이가 되기 싫다

나는 포도송이
포도 한 알이 상해서
포도송이를 새로 사고 싶다

### 시작(詩作) 노트

사춘기를 겪으며 얼굴에 예민해지는 시기를 나타낸 시이다. SNS를 보면 나보다 예쁜 사람이 너무 많은데, 그 사람들을 본 후 나의 얼굴을 보니 그 사람에 비해 나의 얼굴은 한없이 모자란 거 같이 느껴진다. 나의 얼굴을 포도송이에 비유하여 한 알만 상하면 사람들이 그 포도를 사지 않는 것처럼 얼굴 하나하나에 민감하고 예민한 시기를 나타냈다. 나만의 얼굴 콤플렉스와 많은 사람들이 느낄 거 같은 콤플렉스를 함께 적어서 사춘기 학생들의 공감을 얻어내려고 하였다.

### 친구의 말

나도 내 외모의 부분부분이 마음에 들지 않아서 스트레스를 받는 편이어서 현주의 시에 공감할 수 있었다. 하지만 나는 현주의 눈, 코, 피부색 중 어느 것도 못나다고 생각해 본 적이 없다. 오히려 쌍꺼풀 있는 눈을 보며 부럽다고 생각하기도 해서 이 시를 읽고 많이 놀랐다. ★ 라규리

# 고소공포증

정재영

어렸을 때 많이 들은 말이 있다
“사람은 높은 곳에 가야 돼.”

나는 높은 곳이 싫다
높은 곳에서 밑을 보면
모든 게 너무 작아 보여서
내가 그것들을 무시하게 될까 봐

나는 높은 곳이 싫다
높은 곳에서 발을 삐끗하면
끝이 안 보이는 곳으로 내려가서
다시는 위를 볼 용기도 안 생기게 될까 봐

내가 가진 것들을 잃을까 봐
높은 곳이 무섭다

시작(詩作) 노트

어렸을 때부터 너는 무조건 잘 돼야 한다는 소리를 자주 들었는데 그 말이 되게 압박으로 들렸고 그럴 때마다 쓸데없는 걱정도 하게 돼서 아예 도전도 못해 보는 경우가 많았다. 그 경험을 떠올려 적었다.

친구의 말

재영이가 차분하고 조용한 친구여서 이런 생각을 하는 줄은 전혀 몰랐다. 잘 돼야 한다는 말이 압박처럼 느껴졌다는 게 공감되었고 와닿는 구절이 많아서 하나하나 곱씹으며 시를 읽었다. ★ 서은혜

# 업로드

김규리

어제의 나
오늘의 나
내일의 나
앞으로의 나를

늘 그렇듯 올린다

실제로
표현 못하는 나를
미워하면서도

오늘도 나는
늘 그렇듯
휴대폰을 손에 쥐고 있다

시작(詩作) 노트

실제로는 나에 대해 잘 말하지 못하고 표현하지 못하는 나, 하지 못했던 말들을 SNS를 통해서 내가 어떤 사람이고 뭘 하고 있는지 표현하는 나, 그런 내가 싫지만 그걸 알면서도 실제로는 표현하기가 너무 어려워 어쩔 수 없이 쉬운 SNS로 항상 날 드러내는 스스로를 되돌아보는 시이다.

친구의 말

잘 생각해 보니 규리는 자기 이야기를 많이 하지는 않았던 것 같다. 늘 내 이야기를 잘 들어줘서 고마움을 느꼈었는데, 규리에게 이런 고민이 있는 줄 몰랐다. 그리고 SNS를 통한 자기표현도 훌륭한 방식이라는 말을 꼭 해주고 싶다.★ 곽나연

# 힘

박서연

누구나 쉽게 할 수 있는 말
나에겐 아무 의미 없는 말
“힘내.”

힘을 내는 것 자체가 힘이 드는 일인데
언제부터 위로의 말이 되었나

오늘도 듣기 싫어 귀를 막는다
귓가에 울려 퍼지는 멜로디
음표들이 말하는 듯하다
“네가 생각했던 것들은 잘못된 게 아니야.”

언제부터 위로였을까
언제부터 함께였을까

정반대의 두 세계에서
오늘도 도망쳤다

수많은 사람 사이에서
음표 쪽으로
난
뒤돌아섰다

시작(詩作) 노트

누구나 위로받고 싶고 힘들 때가 있다. 나 또한 그렇다. 아무 이유 없이 우울했고 내 앞에 있는 현실이 너무나 싫었다. 그럴 때마다 주변 사람들에게 터놓았지만 돌아오는 건 힘내라는 말뿐. 그래서 도망치고 싶었다. 피하고 싶었고, 누구와도 마주하고 싶지 않았다. 그럴 때마다 노래를 들었다. 언제부턴가 음악은 나에게 있어서 없어서는 안될 존재가 되었다. 사람들 사이에서 지친 날 항상 위로해 주었다. 시 구절 중 "네가 생각했던 것들은 잘못된 게 아니야."라는 구절은 내가 좋아하는 아티스트가 언젠가 라이브 방송 도중에 해준 말이다. 이 말을 떠올리며 시를 썼다.

친구의 말

우리가 일상에서 자주 쓰는 "힘내."라는 위로가 이렇게나 다양한 감정을 내포할 수 있다는 게 놀라웠다. 특히 마지막 연이 인상 깊었다. 진짜 위로란 무엇인지 다시 한 번 생각하게끔 만들어 준다.

★ 최아현

# 함께?

소효진

소꿉놀이
나는 엄마 너는 아빠
우엑 오글거려

미니카 대결
누가 누가 멀리 가나
엇 난 못 접는데

홍삼 게임
못하면 민폐겠지?
구경하는 게 좋아

"친구들과 함께 하세요."

그게 뭐더라
까먹어버렸다

### 시작(詩作) 노트

유치원 때 보통 여자 친구들은 소꿉놀이, 남자 친구들은 미니카를 접으면서 많이 놀았다. 난 양쪽 다 싫어서 어느 쪽에도 잘 어울리지 않았고 그 이후 학교까지 이어져 어울리는 방법을 잘 모르게 됐다. 사회성이 점점 떨어지고 혼자 하는 것이 익숙해져 어울려 무언가를 하는 게 두렵고 무서워졌다. 어릴 때 주변을 피한 내가 너무 밉고 후회된다. 혼자 뭔가를 하는 것은 사람이 살아가려면 꼭 필요한 능력이다. 하지만 함께 하는 것도 중요하다는 것을 나 자신이 꼭 알았으면 하는 마음이다.

### 친구의 말

내가 평소에 효진이에 대해 생각하던 이미지랑 달라서 조금 놀라기도 했고 의외였다. 나도 낯가림이 심하고 낯선 환경에 쉽게 적응하지 못하는 성격이라 많이 공감이 됐다. '함께 하는 것도 중요하다는 것을 나 자신이 꼭 알았으면 하는 마음이다.'라는 말이 나처럼 혼자가 익숙한 사람들에게 도움이 되는 말 같아서 좋았다.

★ 정재영

## 마음 조각

이혜지

내 마음이 뾰족해졌다

뾰족해진 내 마음이
자꾸만 남의 마음을 쿡쿡 찌른다

내 뾰족한 마음이
남을 찌르지 않도록

뾰족한 마음을 둥글게 깎아야겠다

시작(詩作) 노트

가끔 사소한 일에도 기분이 나빠질 때가 있다. 그럴 때마다 내 행동은 그 기분을 따라간다. 나는 특히 엄마에게 그럴 때가 많았다. 아무것도 아닌 일로 투정을 부리거나 소리를 지르기도 했다. 엄마는 그냥 넘어갈 때도 있었지만 나에게 화를 내시기도 했다. 나의 투정으로 엄마가 상처받은 모습을 보고 싶지 않았고, 내 마음도 불편하고 좋지 않았다. 내 마음이 엄마의 마음을 괴롭히지 못하도록 바꾸고 싶은 마음을 표현했다.

친구의 말

이 시를 읽으니 내 마음도 조금은 둥글어진 기분이다. 나도 간혹 마음이 뾰족해져 주변 사람들에게 상처를 준 적이 있는데 그때마다 시처럼 둥글게 깎을 생각은 하지 않고 더욱 콕콕 찔러댔던 기억이 나면서 스스로를 되돌아보게 되었다.★ 우지원

# 무제

예지현

요즘같이 숨막히는 날들엔
아무 일 없었다는 듯이
내 이름 다정하게 한 번 불러주면 좋겠다

요즘같이 복잡한 날들엔
나를 위로하듯이
나를 한 번 꽉 안아주면 좋겠다

요즘같이 뒤숭숭한 날들엔
아무 말 없이
내 손 한 번 잡아주면 좋겠다

모진 바람 불어도 바로잡아주는
나무뿌리가 있듯이
누군가 바로 잡아주면 좋겠다

시작(詩作) 노트

시를 쓰고 나니 답답했던 마음이 한결 나아졌다.

선생님의 말

지현이는 학교생활에서 대체로 의욕이 없고 선생님과의 교류도 거의 없는 학생이다. 수행평가로 겨우 받아낸 제목 없는 이 시 한 편 때문에 교무실이 한바탕 난리가 났다. 무기력하고 무신경한 태도 속에 숨은 속마음이 너무나 잘 담겨 있었기 때문이다. 시를 쓰며 마음이 조금이나마 나아졌다는 그 말이 오랜 여운으로 남았다.

★ 김동희

# 자격증

정현지

자격증 시험을 치고 싶어서요
창구에는 상담원이 하나
나와 똑같이 생긴 상담원이 하나

우선은 울 자격을 얻고 싶어요
힘들 때 눈물을 펑펑 쏟아낼 자격을

다음엔 먹을 자격을 얻을 거예요
허기질 때 맘 편히 꼭꼭 먹을 자격을

뭘 잘했다고 울어
넌 밥 먹을 자격 없어

그렇다면 그 자격 얻고 싶은데
누구도 방법을 알려주지 않네

자격증 시험을 치고 싶어서요
창구에는 상담원이 하나
속도 모르고 대답 없는 상담원이 하나

시작(詩作) 노트

잘하고 싶었는데 잘 안되는 일들, 하고 싶지 않은데 억지로라도 하지 않으면 혼나는 일들이 많다. 지금은 내가 상처받지 않기 위해 마음 편히 생각하는 데 비교적 능숙해졌지만, 예전에는 그런 일들에 제대로 대처해내지 못하고 뭘 잘했다고 우느냐는 질타를 받는 것이 너무 힘들었다. 하지만 분명 내 잘못이 있었기 때문에 속상함을 털어놓을 곳도 마땅치 않아 혼자 마음속으로 온갖 생각을 하며 삭이던 경험들이 있었다. 이 시를 쓸 때 그런 기억 중 하나를 가져왔다. 마음을 털어놓을 곳이 나밖에 없는, 답답하지만 유일한 위로의 순간이다.

친구의 말

발표를 들으며 너무 이해되고 공감되는 상황이라 속으로 눈물을 흘렸다. 남한테 말도 못 하고 속으로 삭이던 과거의 나도 위로받는 것만 같았다. 언젠가는 현지의 속사정을 진정으로 이해해 주는 사람들이 현지 옆에 가득해졌으면 좋겠다. ★ 장보미

# 텅 빈 놀이터

라규리

해 떠 있는 놀이터에
가득한 웃음소리

조금 시끄럽긴 해도
그 속에서 느껴지는 활기참과 즐거움이
나를 편안하게 만든다

해 진 놀이터에
가득한 고요함

그 속에서 느껴지는
공허함과 쓸쓸함이
나를 우울하게 만든다

고요하고 쓸쓸한
텅 빈 놀이터

공허하고 쓸쓸한
텅 빈 놀이터

사람들은 아마 모르겠지
웃음소리보다 고요함이
더 크다는 것을

그래 아마 모르겠지
나에게 남은 커다란 것을

시작(詩作) 노트

중학교 때는 한 학년에 세 반밖에 없어서 거의 모든 친구가 삼 년 내내 친하게 지냈고 학년이 올라갈 때에도 다 아는 친구들이어서 새로 친해질 필요가 없었다. 그래서 새로운 친구를 사귀는 것에 익숙하지 않았던 나는 고등학교에 올라오고 1학년 내내 많이 노력해야 했다. 학교에선 신나는 척하고 집에 오면 조용해지는 내 모습이 쓸쓸하게 느껴졌다. 그리고 내가 가지고 있던 이 커다란 것의 무게를 누군가에게 덜어냄으로써 줄여 보고 싶었다.

친구의 말

이 시는 규리의 속마음을 있는 그대로 털어놓은 것 같아서 문장 하나하나가 소중하게 느껴지고 몽글몽글해지는 기분이다. 나도 처음 고등학생이 되었을 때 아는 친구가 없었고 원격 수업 중에 새 친구들을 만나서 적응하기가 쉽지 않았다. 친구들과 함께 있는 시간, 텅 빈 고요함 모두 규리에게 큰 힘이 되고 소중했으면 좋겠다.

★ 정예진

# 1. 고맙고 미안한 사랑

–

삶에 지친 마음을 달래주어 고맙고
때론 투정을 부려 미안한 가족들을 생각해 본다.
가까운 사이이기에 더 표현하지 못했던
고맙고 미안한 사랑을 이야기한다.

## 당신은 나에게

김수민

누우런 은행 떨어지던 날
내 입에 넣어준
씁쓰름한 은행 맛 자일리톨

일찍 어둠이 해를 삼킨 날
크리스마스 색 파리채로 휘두른
나의 발바닥, 아린 발바닥

또 한바탕 구르고 온 날
울상 지으며 약 발라주던
그 따스한 손길

갈 길이 멀어 지쳐있던 날
끝까지 받치고 서 있던
당신이라는 버팀목

쓴 맛을 주는,
아니 실은
내 입속에 달디 단 사탕을 넣어주는
당신은 아빠

시작(詩作) 노트

가을, 겨우 5살 때 아빠가 차에 떨어진 은행을 턴 뒤 나의 입에 아직 기억날 정도로 아주 쓴 맛의 자일리톨을 넣어주셨다.

겨울, 초등학교 때 공을 차다가 6시가 넘어 들어온 나에게 머리는 빨간색 몸통은 초록색인 파리채를 들고 혼내셨다. 별거 아닌 일로 혼내신 아빠가 미웠다.

여름, 여름이 되면 반바지를 입어 무릎이 까지기 일쑤였다. 또 넘어져 온 나의 무릎을 보고 아빠는 화난 표정인지 속상한 표정인지 헷갈리는 표정으로 후시딘을 발라주셨다.

봄, 앉아만 있던 내가 아빠와 산에 올랐다. 운동을 너무 안 해서 조금만 올라도 힘들었다. 아빠는 거친 숨을 내쉬며 정말 오랫동안 나의 등을 밀어주셨다.

나는 아빠가 은행 맛 자일리톨, 회초리와 같은 쓴맛을 주는 존재라고 생각했다. 그러나 돌이켜 생각해 보면, 아빠는 나에게 달콤한 사탕을 넣어주는 존재였다.

친구의 말

나도 지금보다 더 활발했던 어린 시절에 아빠와 나가 놀았던 추억이 많았는데 수민이의 시를 읽으며 어릴 적 아빠와의 추억을 회상할 수 있어서 좋았다. 아빠로부터 느낀 사랑을 따뜻하게 표현해 내서 내 마음까지 따뜻해진 것 같다.★ 정수현

# 나의 누군가

박미진

나를 제일 궁금해해 주는 누군가
'오늘은 뭐하고 왔어?'
'오늘 하루 잘 보냈어?'

나의 여백을 가장 걱정해 주는 누군가
'오늘은 왜 이렇게 늦어?'
'언제 와? 보고 싶어.'

말은 통하지 않아도

총총거리며 뛰어오는
네 발만으로도 느껴지는

살랑살랑 흔드는
꼬리만으로도 알 수 있는

시작(詩作) 노트

하루를 마치고 집에 돌아오면 문 앞으로 달려와서 꼬리를 흔들며 나를 제일 반겨주는 강아지들을 보고 나의 하루를 물어봐 주는 듯한 느낌을 받았다. 내가 하루 종일 집에 없을 때, 나의 방 문 앞에서 내가 올 때까지 기다려주고 나를 그리워해 주는 모습을 통해 반려동물들의 사랑을 느낄 수 있었다.

친구의 말

나도 강아지를 키우고 있어서 강아지들이 나를 기다리며 느낄 기분을 생각해 볼 수 있었다. 하루를 마치고 집으로 가는 길에 강아지들이 생각나 발걸음을 재촉하는 미진이를 상상할 수 있고, 언제나 나를 기다려주는 우리 강아지가 보고 싶어지는 시였다. ★ 박서원

# 고2병

김재인

문 열면 따라오는
엄마의 걱정과 잔소리

애써 웃으면 따라오는
엄마의 물음표
“재인이는 엄마가 싫어?”

상처를 들키기 싫어
사랑만 받은 아이인 척하니

사랑 대신 외로움을 향해
계속되는 뒷걸음질

목구멍까지 눈물이 차오른다
툭 치면 토해낼 듯

시작(詩作) 노트

항상 집에 가면 따라오는 엄마의 잔소리와 걱정들이 때로는 나를 더 힘들고 짜증나게 만들었다. 그래서 아무 대답도 하지 않고 피했더니 돌아오는 건 엄마의 씁쓸한 표정과 나를 울컥하게 만드는 질문뿐이었다. 엄마께 잘해야지 다짐하면서도, 항상 엄마와 이야기만 하면 싸우는 나였기에 지친 나는 엄마와의 대화로 사랑과 위로를 얻는 대신 방안으로 들어와 혼자 있기를 선택했다. 그러나 막상 현실은 끝없는 외로움과 우울함의 연속이었다. 항상 엄마에게는 괜찮은 척, 어디서든 사랑받는 아이인 척하며 엄마를 안심시켜 어떻게든 엄마와의 대화를 피하지만, 사실 속은 전혀 괜찮지 않으며 사실은 엄마의 사랑이 필요한 나임을 표현한 시이다.

친구의 말

어쩌면 지금의 우리 모두가 겪고 있는 일인지도 모르겠다. 사춘기라는 과정은 누구나 한 번쯤 경험하는 것이기에 많은 공감이 되었다. 엄마와의 대화를 피하지 않겠다고 다짐하면서도 피하게 되는 건, 힘든 나 자신을 들여다보고 싶지 않은 마음에서 비롯되는 것은 아닐까? ★ 현정민

# 자물쇠

김지은

열쇠를 잃어버렸다

굳게 닫힌 자물쇠를 열
열쇠를
잃어버렸다

열쇠가 없는 자물쇠는
아무리 흔들어도
반응이 없다

엄마는 반응 없는 마음에 대고
오늘도 두드린다

네 마음을 말해 보라고
네 생각을 말해 보라고

열쇠 없는 자물쇠는
자물쇠 안의 마음을 알 수 없어
말없이 눈물만 흘린다

열쇠는 어디 있을까

시작(詩作) 노트

언제부터인지 알 수 없지만 어느 순간부터 남의 의식을 하면서 나의 마음을 점점 숨기는 일이 많아진 것 같다. 엄마뿐만 아니라 친구들 역시 나의 의견을 물어보지만 결국에는 친구들의 의견에 따라가게 되고 나의 마음을 살피는 것은 나중의 일이 되어버렸다. 나도 알 수 없는 나의 마음이 답답해서 눈물부터 나오게 되었고 내가 한 말로 인하여 상대에게 영향이 갈까 무서워서 속마음을 말하는 것이 무섭게 되었다.

이렇게 알 수 없는 마음을 열쇠가 사라진 자물쇠에 비유하여 표현하고 싶었다.

친구의 말

지은이처럼 속마음을 이야기하지 못하는 사람이 많을 것 같다. 나 역시 공감이 되고 위로가 되었던 시였다. 문득 누군가가 나의 닫힌 문을 계속해서 두드려준다면 그 마음이 열쇠가 되어 문이 열릴 것만 같다. 그리고 지은이 곁에 그런 말을 해주는 사람이 있다는 건 참 다행스러운 일이라고 생각했다. ★ 김주혜

# 침묵

우유빈

엄마의 말이 나를 때린다
하지만 돌려보내는 건 침묵뿐

나의 말들이
나의 마음들이
입에서 나가려 하질 않는다

머릿속을 맴도는 대꾸들
억울하다
"나도 할 말 많은데….”

입안에만 맴도는 나의 진심을
오늘도 나는 눈물로만 쏟아낸다

시작(詩作) 노트

가끔 엄마한테 억울한 일로 혼나는 일이 있다. 그럴 때 나는 할 말을 하지 못하고 마음속에 묻어둔다. 매번 말하려고 시도를 하지만 더 혼날까 봐 무서워 말하지 못하고 머릿속에 생각해둔 말을 다 꺼내지 못한다. 그러고서 밤에 그때 못한 말을 생각하며 눈물을 쏟는다. 매번 할 말을 못하고 묻어두며 살아가는 나와 비슷한 성격의 사람들이 공감할 것 같다고 생각하여 쓴 시이다.

친구의 말

나도 유빈이처럼 억울함을 느꼈지만 괜히 말을 꺼냈다가 더 혼날까 봐 무서워서 말하지 못하고 눈물만 흘렸던 기억이 있다. 이 시의 내용은 거의 모든 친구들이 공감할 것 같다. ★ 최가연

# 따뜻한 스크램블

곽나연

자다 깬 나
오빠의 물음
“밥 먹을래?”
왠지 짜증이 났다

화낸 나 벙찐 오빠
소리친 우리
울던 나 나가버린 오빠
서먹해진 우리였다

조금 뒤 오빠가 건넨 매운 불닭
그 위 스크램블
따뜻한 스크램블

바보 같은 건
나일까
오빠일까

시작(詩作) 노트

오빠와 잘 싸우지 않는데 처음으로 크게 싸웠다. 처음으로 오빠의 화난 모습을 보았다. 내가 잘못했음에도 불구하고 먼저 손을 내민 오빠의 모습에 감동받고 더 미안함을 느끼게 되었다. 직접적인 사과의 말은 아니었지만 미안하다는 진심을 담아 음식을 만들어 준 오빠의 모습이 기억에 남는다.

친구의 말

오빠가 건네준 스크램블이 올라간 불닭은 많은 의미가 있는 것 같다. 마지막 연은 특히 여운이 남았다. 바보같이 화를 낸 여동생, 그런 여동생에게 먼저 다가와준 오빠. 짧은 장면이 담긴 시였지만 마음이 따뜻해졌다. ★ 김서연

# 아빠

성정은

앞집, 옆집, 아랫집 전등 다
꺼진 새벽 세시 반

스탠드 불빛을 따라
텔레비전 소리 노트북 소리가 거실을 감싸면

아빠는 맥주 한 캔과 함께
20년 된 노트북을 두드린다

그런 아빠에게 난

"아빠, 안 자?"
"좀 더 있다가."
"응, 알았어 나 먼저 잘게."

내가 잘 자는지 확인하러 오는 아빠의 발자국 소리에
나는 자는 척을 한다

매일 밤 반복되는 패턴
나와 아빠의 서로에 대한 관심 표현

시작(詩作) 노트 

아빠는 평소 애정표현이 없는 편이다. 옛날에는 '아빠는 왜 다른 아빠들처럼 다정하지 못할까?'라고 생각하며 짜증나고 속상했다. 근데 이제는 아빠의 질문이, 아빠가 하는 틱틱거리는 행동이 아빠의 애정표현이란 걸 알게 되었다.

나도 아빠에게는 다정한 딸이 아니다. 나도 아빠처럼 아빠에게 밥 먹었냐 잠은 언제 자냐 등 애정표현을 돌려서 하는 편이다.

친구의 말

평소 정은이는 애교도 많고 말도 많아서 애정표현을 잘할 줄 알았는데 이 시를 통해 의외의 면을 알게 된 것 같다. 나도 평소에 아빠에게 다정하지 않은 딸이다. 잘하고 싶지만 부끄럽고 어색한 그 마음이 너무 잘 이해되었다. ★ 김규리

# 연결 고리

손민서

할머니가 주신 보따리 속 작은 인형
이제는 나와 한 몸이 된 것만 같은
내 가방에 달린 작은 인형

내가 뛰면 얘도 뛰고
보는 사람마다 귀여워하면
괜스레 내가 뿌듯하다

“할머니! 이거 보고 다 귀엽대!”
“보면서 할머니 생각 많이 하고 있어.”

할머니 입가에 미소가 번지면서도
내 자랑은 계속 듣고 싶으신지
못 들은 척하신다

할머니와 나의 연결 고리,
작은 인형

시작(詩作) 노트

할머니를 자주 못 찾아뵈어서 그리운 마음이 드는 요즘, 내 가방에 달린 인형을 계속 본다. 할머니가 주신 인형이라 그 무엇보다 소중하다는 마음을 표현하고 싶었다. 아직 내 가방에 달고 다닌다는 사실도 모르고 계셔서 얼른 자랑하고 싶은 마음뿐이다. 할머니가 내심 좋아하실 모습을 상상해 보면서 시를 창작해 보았다.

친구의 말

민서가 할머니에 대해 갖고 있는 그리운 마음, 할머니가 주신 인형을 소중히 여기는 마음이 잘 느껴졌고 애틋한 감정이 잘 전달되었다. 나와 우리 할머니의 연결 고리는 무엇이 있을까 한 번 생각해 보게 되었다. ★ 박민주

## 홍합탕

서지애

배고픈 저녁 시간
비닐에 담긴 뜨거운 홍합탕
'놓치지 말아야지' 생각하며
조심조심 옮겨 담던 홍합탕

"어!"
그 생각을 비웃듯이
홍합탕은
와르르 쏟아져 내렸다

"너 괜찮아? 다친 데 없어?"
하며 찬물을 대주던 언니의 얼굴엔
아픈 기색 한 점 없었고

"괜찮아. 걱정하지 마."
하며 날 달래주던 언니의 허벅지엔
다 벗겨진 살갗이 있었다

언니에게 남았던 화상 얼룩처럼
내 마음에 새겨진 쓰라린 얼룩,

내 마음에도 홍합탕이 쏟아졌나 보다

시작(詩作) 노트

내가 초등학교 4학년 때 저녁으로 배달음식을 시켜 먹은 적이 있었다. 그때 시킨 음식 중에 홍합탕도 있었는데 그것이 비닐에 담겨 있어 언니와 함께 그릇에 옮기려 했다. 그러다 너무 뜨거워 언니와 나 모두 비닐을 놓쳐버렸고 홍합탕은 그대로 우리에게 쏟아졌다. 나에게는 몇 방울밖에 튀지 않아서 멀쩡했고 언니도 아픈 기색 하나 없이 나보고 괜찮은지 물으며 찬물을 대주었기에 언니도 다치지 않은 줄만 알았다. 그런데 언니의 허벅지를 보니 살갗이 벗겨져 생각보다 심각한 상태였다. 결국 언니는 수술을 하게 되었다. 지금은 흉터 약도 잘 발라 아무런 흉터도 없지만 그때 언니의 허벅지를 생각하면 지금도 고맙고 미안한 마음이 든다. 아무리 언니라지만 그때 언니는 어렸는데, 어떻게 그렇게 덤덤하게 대처했는지 신기하고 대단하게 느껴진다. 없어진 언니의 화상흉터와 달리 이 마음은 영원히 갈 것 같다.

친구의 말

언니가 지애를 많이 아껴주는 모습이 감동적이었고, 언니의 용감한 모습이 놀라웠다. 나는 외동이라 그런 경험이 없어서 부러운 마음이 들기도 했다. ★ 황채영

# 가족의 눈물

황채영

우리 가족 눈 밑은 메말라 가뭄이 자주 생기던 곳
내가 착각하고 있었다

메마른 것이 아닌
눈물이 없는 것이 아닌

그저 꾹 참고
그저 이를 악물고

가뭄을 만들어내고 있었던 것뿐

시작(詩作) 노트

부모님의 눈물을 처음 봤을 때 나는 초등학교 3학년 정도였다. 처음 보는 부모님의 눈물에 신선한 충격을 받았다. 하지만 그 이후로는 한 번도 우신 모습을 본 적이 없다. 억지로 참고 계신 것이 아닐까 걱정이 되어 이 시를 적게 되었고, 참고 계신 것이 아니라면 좋겠다.

친구의 말

나는 부모님이 늘 웃는 얼굴이셔서 눈물 흘릴 일이 없을 거라고 착각하고 내 감정을 그대로 드러낸 적이 있다. 그런데 시험 때문에 힘들어하는 내 모습을 본 부모님께서 우시는 걸 보고 내가 큰 착각을 하고 있었단 걸 깨달았다. 채영이의 시를 보고 그 일이 떠올라서 정말 많이 공감되었다. ★ 장예은

# 온기

신효리

별이 뜨고 해가 깊은 꿈에 빠져 있는 새벽
익숙한 목소리가 현관문을 열고 들어와
잠들 뻔한 나를 일으켜 세운다

"공주야~"
아빠가 퇴근하고 와서 나를 꼭 끌어안는다

차가운 공기가 뒤섞여 전해지는 온기
하루동안 있었던 일이 전해지는 온기
우리 아빠한테서만 전해지는 온기

별이 뜨고 해가 깊은 잠에 빠져 있는 새벽
다양한 온기가 나를 스치고 가
나는 더 깊게 잠에 빠져 든다

시작(詩作) 노트

항상 내가 잠들 때쯤이면 우리 아빠가 퇴근하고 돌아온다. 그럴 때면 잠이 들다가도 깨서 아빠를 보게 된다. 아빠는 항상 꼭 방에 들어와 나를 끌어안아 주시는데 그때마다 밖에서 들어와 차가운 공기와 방 안 따뜻한 공기가 섞이고 아빠의 온기가 느껴진다. 이제는 그게 너무나도 익숙해져서 안아주지 않으면 뭔가 허전한 기분이 든다.

친구의 말

새벽을 해가 깊은 꿈에 빠져 있는 시간으로 표현한 게 인상 깊었고 시의 표현 하나하나가 예쁘다고 느껴졌다. 아빠한테서만 느낄 수 있는 온기를 온전히 느끼는 효리의 새벽이 정말 부럽다. 나의 새벽에도 누군가의 온기가 느껴지면 좋겠다.★ 김민정

# 손걸레

여현진

우리집 한켠에 항상 자리잡은 손걸레
언제나 그 자리에 그대로의 모습으로
있을 것 같았던 손걸레

한 번 두 번
쓱쓱 싹싹

나로 인해 더렵혀진 모든 것들
쓱쓱 싹싹 빛이 난다
자신은 점점 낡고 해지는 줄도 모르고

엄마의 주름진 손처럼
지문이 닳고 닳아 없어질 때까지
내가 빛날 때까지
우리 가족이 빛날 때까지

지금 이 순간에도
나를 위해
우리를 위해

엄마의 손처럼
쓱쓱 싹싹

시작(詩作) 노트

어떤 집이든지 손걸레 하나씩은 집안 한구석에 놓여 있다. 이 손걸레는 우리가 더럽혀 놓은 곳을 자신을 희생하며 새것처럼 돌려놓는다. 이것을 보고 마치 내가 저질러 놓은 일들을 원래 그대로 해 놓는 엄마가 생각이 났다. 또한 엄마가 나에게 하는 모든 행동들은 보상을 위해서가 아닌 희생이다. 언제나 있을 것 같았던 손걸레가 티 나지 않게 헐어 버려지는 것처럼 마치 엄마가 항상 내 곁에 있을 것 같지만 언젠가는 없을 미래가 떠올라 손걸레와 엄마가 비슷한 점이 많다고 느껴 엄마의 모습을 손걸레에 비유하여 표현하게 되었다.

친구의 말

현진이의 시를 읽고 엄마에게 미안한 마음이 가장 먼저 들었다. 나에게 아무 대가 없이 베풀어주는 사람은 엄마뿐인데, 내가 과연 그 사랑을 받을 만큼 잘 살아가고 있는 걸까? 엄마의 사랑에 전부 보답하지는 못하겠지만, 절대 그 사랑을 잊지 않고 남에게 베풀 수 있는 사람이 되어야겠다는 생각이 들었다. ★ 김나영

# 냉동실

백지예

싫었다
그냥 싫었다

그래서 냉동실에
내 마음을 넣었다

하지만 눈길이 갔다
나를 보고 웃는 네 얼굴에

얼었던 마음이 녹는 것 같았다

그 마음 녹는 게 싫어서
깊숙이 냉동실에 넣었다

그런데 너는 작은 손으로
쉬지 않고 냉동실문을 연다

결국 내 마음은 녹고 말았다

시작(詩作) 노트

외동으로 지냈던 시절이 길어서 처음에는 동생이 싫었다. 하지만 나를 보고 늘 웃어주는 모습에 나는 마음이 녹아 동생과의 사이가 좋아졌다. 그리고 지금 와서 생각해 보니 그 시절이 미안해 그 마음을 전하고 싶어서 적게 되었다.

친구의 말

내가 알고 있던 지예는 항상 밝고 누구에게나 마음을 잘 여는 친구였기에 누군가를 싫어할 줄 모르는 사람이라고 생각했다. 이 시를 통해 지예의 솔직한 심정을 느낄 수 있어서 좋았고, 나도 동생이 있어서 공감이 되었다. 마음을 냉동실에 넣었다는 표현이나 결국 녹고 말았다는 표현이 인상 깊었다. ★ 장유림

# 목소리

박서원

바람 한 점 없던
마음속 바닷가

갑자기 불어오는
날카로운 바람

함께 울렁이는
큰 바다

세차게 흔들리던 바다는
울컥,
파도를 뱉어내고

바다가 뱉어낸
응어리에 휩쓸린
나

발버둥쳐봐도
힘없이 쓸려가는
나

덜컥, 겁이 나
살려 달라 외치니
내게 오는 구원의 목소리

"무슨 일이야 딸."

지쳐 갈라진
익숙한 그 목소리

나를,
우울에 휩쓸리던 나를 꺼내준
익숙한 그 목소리

시작(詩作) 노트

좋지 않은 감정들에 솔직하지 못하고 항상 억누르다 나를 삼켜버릴 정도로 참아 결국 어둠에 잠겨버리는 날이 아주 가끔 있다. 그럴 때마다 혼자 삭히고 혼자 있으려고 하는 경향이 큰 편인데, 처음으로 엄마에게 전화를 걸었던 적이 있다. 엄마의 목소리를 듣자마자 다섯 살 아이로 돌아가 감정에 솔직해져 눈물을 쏟아냈다. 항상 듣던 피곤에 잠겨 갈라진 목소리였음에도 수많은 우울을 사라지게 해주었던 그 경험을 담아보았다.

친구의 말

감당할 수 없을 만큼 쌓인 감정을 큰 파도로 표현하니 그 커다란 우울감이 더 잘 느껴졌고, 두려운 바다 속에서 엄마의 한 마디가 얼마나 큰 구원처럼 다가왔을지도 이해가 되었다. 서원이는 항상 밝은 친구라고 생각했는데 나와 비슷한 면이 있다는 점에도 놀랐다. 서원이가 감정을 파도만큼 쌓지 않고 물장구칠 수 있을 정도일 때 잘 풀어낼 수 있었으면 좋겠다. ★ 손서형

# 삼킨 말

손영은

잠깐 눈을 감았다 떠보니
해가 뜨고 있더라

이상하게 허전해 벌떡 일어나 보니
사라지고 없더라, 아빠의 온기가

잠들기 전 말할걸,
“사랑해.”
“고마워.”
오늘도 어김없이 삼킨 말

조금 허전한 공기를 재치고
엄마의 온기를 느끼러 가보니
찌푸리고 있더라

이상하게 화가 나 버럭 화를 내보니
그제서야 알겠더라
찌푸린 게 아니라 주름인 걸

화내기 전 말할걸,
"사랑해."
"고마워."

또 한 번 어김없이 삼킨 말

시작(詩作) 노트

살면서 가장 후회되는 순간은 부모님께 화를 낸 것이다. 당시에는 너무 화가 나 버럭 소리를 지르고 투정을 부리지만 시간이 조금 지나고 마음이 진정된 뒤 다시 생각해 보면 나 자신이 부끄럽고 부모님께 너무 미안한 마음이 든다. 항상 감사하다는 말과 사랑한다는 말을 속으로만 되뇌고, 겉으로 표현을 잘 못한다. 부모님도 사람인데, 말 안 하면 모르는 거 아는데 왜 그렇게 '사랑해'라는 한 마디가 어려운지 모르겠다.

잠깐 눈 감았다 떠보니 아빠가 출근하고 없을 때, 그때의 허전함은 굉장히 묘하다. 또 가장 편하다고 생각하는 엄마에게 편하다는 이유만으로 짜증을 내고 나서의 후회 역시 굉장히 묘하다. 이 미묘한 감정을 시에 담아봤고, 나 같은 친구들 모두 부모님께 조금 더 사랑을 표현했으면 한다.

친구의 말

나 역시 부모님께 별 이유 없이 화를 내거나 짜증을 부리고 후회하는 일이 많아서 공감되었다. 최근 들어 부모님의 나이를 실감하는 일이 많아져서 '찌푸린 게 아니라 주름인 걸'이라는 구절이 마음에 남았다. 부모님에 대한 사랑을 삼키지만 말고 꺼내고 표현하기 위해 노력해야겠다. ★ 전지우

## 우편(雨便)

손승미

비가 온다
비와 같이 사람이 온다
사진 하나 달랑 남기고
가루가 된 빗사람이 온다

창틀가 툭 떨어진 빗방울
두 손 넘치도록 콕 찍어
젖은 손으로 그들을 맞는다

보고 싶다는 한 줄 말로
십삼 년 전 나와 비를 맞는다

빗사람은
나를 꾸짖고 간다
쓰여진 것을 사랑해 쓰기를 포기한
오늘의 나를 꾸짖고 간다

그 날이면 나는
비로소 빗방울에 눈물을 적셔
짧은 마디로 빗사람을 쓴다

보고 싶다는 열 줄 글로
주륵주륵 비 내리는 편지를 쓴다

그리움과 닮은
먼 옛날 찾아간 우편은
깊고 아픈 나의 사랑법

시작(詩作) 노트

나에게 빗사람은 다섯 살 적에 암으로 돌아가신 외할머니이다. 어릴 적의 나는 외할머니와 사이가 아주 좋았다. 사람을 너무나 소중히 여기던 어린 시절의 나에게 가까운 사람의 이별은 나도 모르는 내 삶의 어떠한 트라우마로 남아 이별을 두렵게 만들었다.

'쓰여진 것', 즉 내가 살아온 과거의 행복에 취해 미래를 두려워하는 나를 내가 잃은 나의 사람들이 보면 반드시 꾸짖을 것이라는 어딘가 서글프지만 사랑스러운 생각이 들어, 나는 내가 만들어낸 '나를 꾸짖는 빗사람'으로 인해 슬픔을 불러일으킨 현재의 시간(비)에 나의 그리움과 상처(눈물)를 녹여내어 나의 짧은 손가락 마디로 빗사람을, 사랑하는 나의 할머니를 담아낸 이 시를 쓴다. 그리고 나의 '빗사람'에게 닿길 바라는 간절한 마음에 쓰기를 시작한 나는 '한 줄 말'을 '열 줄 글'로 풀어내어 이 시를 쓴다. 그것에 눈물이 주륵주륵 비처럼 흘러, 비로소 우편(雨便)이 되었다.

친구의 말

할머니를 사랑하는 만큼 시의 소재로 삼기에 힘들고 그리웠을 텐데 그 마음을 시에 잘 담아낸 것 같다. 어린 시절 느낀 감정과 고통을 '비'와 '눈물'에 비유해서 더 뭉클하게 느껴졌다. 할머니께서 이 시와 지금의 승미 모습을 보면 너무 행복하고 뿌듯해하실 거라고 이야기해 주고 싶다. ★ 정지은

# 나의 느티나무

이경윤

영원히 선명할 것 같던
할부지 말소리가
흐릿하게 봄바람과 함께
사라졌다

할부지는 그렇게
흐릿한 추억만을 남긴 채
봄바람과 함께
사라졌다

할부지의 까칠까칠한 얼굴은
한 줌의 보드라운 가루가 되어
한 그루의 느티나무 속으로
사라졌다

"또
르
르
"

그때, 나는 깨달았다!

할부지는 사라진 것이 아니라,
또다시 나의 느티나무로
살아가실 것이라는 것을

시작(詩作) 노트

평생 내 옆에서 나를 지켜주시며 힘이 될 것만 같았던 할아버지가 돌아가셨다. 봄은 누구에게나 새로운 출발을 하게 하는 희망의 계절이다. 물론 나에게도 봄은 그런 계절이었다. 적어도 할아버지께서 돌아가시기 전까지는 그랬다. 하지만 할아버지께서 돌아가신 그해의 봄은 나에게 절망과 슬픔을 안겨줬고, 이제 더 이상 봄은 나에게 있어 기쁜 계절이 될 수 없을 것 같다는 생각마저 들었다. 할아버지께서는 보드라운 뼛가루가 되어 돌아오셨고 그 보드라운 가루에선 까칠까칠했던 할아버지의 얼굴을 느낄 수 없었다. 나는 할아버지가 영원히 이 세상에서 사라졌다는 생각에 까마득한 슬픔 속으로 떨어지는 기분이 들었다. 그 부드러운 할아버지의 뼛가루는 어느 한 그루의 느티나무에 뿌려졌다. 눈물이 하염없이 흘렀다. 그때, 나는 깨달았다. "할아버지는 이 세상에서 영원히 사라지시는 것이 아니라 새로운 모습으로 나의 곁에 계시는구나!" 나는 그때의 경험을 통해 죽음이 끝이 아니라 또 다른 모습으로의 변화라는 생각을 갖게 되었고 그 경험으로 이 시를 쓰게 되었다.

친구의 말

중학생 때 리버보이라는 책을 읽고 죽음에 대한 많은 생각을 했다. '할아버지의 육체는 사라졌지만 할아버지의 영혼은 내 안에, 엄마 아빠 안에, 할아버지를 아는 모든 사람들 안에 머물러 있다.'라는 구절은 어렸을 적 죽음을 무섭고 두려운 것이라고 생각했던 나에게 큰 충격을 주었다. 이 구절을 경윤이에게 전해 주고 싶다. 할아버지를 생각하는 경윤이의 마음이 너무나 예뻐서 기억에 남는 시이다. ★ 최지안

## 땅콩

손서형

'톳톳톳톳'
이 방 저 방 곳곳에서 들리는
우리집에서 제일 바쁜 발소리

'토도도돗'
'땅콩!' 하고 부르는 소리에
뛰어오는 발소리

'짹깍짹깍'
시침소리처럼
익숙해진 발소리

8년 넘게 들려오던 이 소리
문득 사라진다면
내 세상도 멈춰버릴까

시작(詩作) 노트

우리집 강아지인 땅콩이는 우리 가족이 다 가만히 앉아 있어도 혼자 집 안 곳곳을 타닥거리며 돌아다닐 때가 많다. 땅콩이의 존재감이 크게 느껴질수록 '만약 우리 집에 땅콩이가 없다면'이라는 생각을 많이 하게 된다. 그런 생각을 땅콩이의 발톱 소리가 멈춘 것에 비유하여 표현해 보았고, 시침소리처럼 당연했던 땅콩이의 존재가 문득 없어진다고 생각한다면 세상이 멈춘 것처럼 슬플 것 같다는 생각을 표현했다.

친구의 말

나도 강아지를 키우고 있어서 우리 가족이 각자 할 일을 하고 있을 때 혼자 돌아다니는 소리, 밥 먹는 소리가 들려오는 광경이 공감이 갔다. 이 시를 읽고 서형이가 강아지를 애완동물로만 생각하는 게 아니라 정말 소중한 가족으로 여긴다는 것을 느꼈고, 특히 마지막 행에서 이 마음이 잘 드러난 것 같다. ★ 김현주

# 다짐

전수현

매일
열심히 일하던 해가
집으로 돌아갈 때

한없이 다정히
나를 부르는 목소리가 들린다

밥 먹었니? 오늘 어땠어?
그럼 나는 대답한다
지금 바빠요

후회할 말
왜 자꾸 반복하는지
뒤늦게 방문을 열어보아도
이미 꺼져 있는 조명

가족인데 왜
어려워지기만 하는지

내일은 꼭
매일 반복되는 다짐이다

시작(詩作) 노트

학원과 시험에 매일같이 바쁜 하루를 반복하게 되면서 부모님과의 소통이 줄어들게 되었다. 심한 날은 하루에 한 시간조차 마주하지 않고 단 한마디도 하지 않고 하루를 끝낸 적도 있었다. 항상 마음에 불편하고 부모님께 죄송한 마음도 들었지만 모든 일정을 끝내고 집에 돌아오면 피곤하고 신경이 날카로워져 그저 예민하기만 하다. 이러한 일이 일상이 되어버린 요즘을 시로 표현했다.

친구의 말

우리 엄마도 피곤해 보이는 나를 생각해서 늦은 퇴근 후 집에 오시자마자 다정하게 나를 부르시고 챙겨주시는데 그걸 듣는 것마저 귀찮게 여기곤 한다. 나도 수현이처럼 매일 다짐을 반복하지만, 실천에 옮기는 게 쉽지 않다. 공감되는 내용이 많아서 뭉클했다.

★ 여정민

# 가위 손

서기주

울퉁불퉁한 우리 엄마 손
내 마음을 아프게 하는 우리 엄마 손
새살이 올라와 흉터가 남아 있다는 걸 알면서
나는 엄마께 조심스럽게 물어보았다

"일하다가 가위에 베여서 흉터가 남았어."

담담하게 말하는 우리 엄마
나는 마음이 짠해졌다

나를 키우느라 나를 돌보느라
힘드셨을 엄마께 나는 짜증만 낸다

가위에 베인 손은 나아서 흉터만 남지만
나의 말로 생긴 상처는 아물 수 있을까

내 말 한마디가 살을 베는 것처럼
엄마의 마음은 얼마나 베였을까

나는 엄마께 드린 상처만
가위로 들어내고 싶다

시작(詩作) 노트

엄마의 손을 만지면 울퉁불퉁하고 거칠거칠하다. 가위에 베여서 생긴 흉터가 있고 물이 많이 닿아 손이 건조해졌기 때문이다. 엄마의 직업 특징이기도 하지만 볼 때마다 괜시리 너무 미안해지기도 하고 죄송했다. 나는 별 거 아닌 사소한 일에서 스트레스를 받으면 그걸 제일 가깝고 소중한 사람인 엄마에게 표현하는 것 같다. 그러면 안 된다는 걸 알기에 죄송한 마음이 들었다. 엄마께서는 항상 '너 맛있는 거 먹이고, 하고 싶은 거 해주려고 일하지."라며 가슴이 따뜻해지는 말을 해주시지만, 한편으로는 자신보다 나를 먼저 챙기시는 부모님의 모습을 보니 더욱 더 죄송한 마음이 들었다. 가위에 베인 상처야 아물면 흉터로만 남지만 내가 한 말로 생긴 엄마 마음의 상처는 지울 수 없을 것 같아서 내가 엄마께 드린 상처를 덜어내고 싶다는 마음을 이 시에 표현하였다.

친구의 말

'나는 엄마께 드린 상처만 가위로 들어내고 싶다'가 여운에 남았다. 기주의 시를 읽고 우리 엄마께도 감사하다는 생각이 들었고 평상시에 감사하다고 말해 드리지 못해서 반성하는 마음도 생겼다.

★ 최송아

# 카네이션

이민조

나 좋은 날은 가고 부모님 좋은 날이 왔다
일부러 모른 척한 건 아니지만
수행 준비로 너무 바빴다고 할까

생각과 동시에 눈앞에 보이는 카네이션 두 송이
그 순간 내 마음은 무너져 내린다

유난히 활짝 핀 카네이션 두 송이
내 마음을 아는지 모르는지…

그럼에도 내년엔 오겠지,
모두가 좋아할 날이

시작(詩作) 노트

어린이날은 좋기만 하다. 하지만 3일 뒤인 어버이날에는 책임감이 막중해진다. 나는 네 살 위 언니가 있는데 언니는 매번 부모님을 잘 챙기는 반면, 나는 그러지 못했다. 올해도 어김없이 거실에 있는 카네이션을 보고 부모님을 챙기지 못한 내가 원망스럽기만 했다. 또 언니가 선물한 카네이션이 유난히 더 예뻐 보여 한숨만 나왔다. 하지만 이 경험을 계기로 내년엔 반드시 어버이날을 챙겨야겠다는 굳은 결심을 할 수 있었다.

친구의 말

내 경험이 떠올라 많이 공감되었다. 수행, 시험 준비로 부모님 생신 때 편지도 준비하지 못했던 적이 있다. 하지만 부모님은 "우리 가족 다같이 식사하는 걸로 만족해."라며 나를 위로해 주셨다. 그럴 때마다 부모님께 죄송스럽고, 내가 한심해 보였다. 하지만 언니가 "너는 너무 신경 쓰지 말고 네가 할 일을 해, 내가 챙길게."라고 말해 줘서 힘이 났다. 내년에는 반드시 내가 더 열심히 챙겨야겠다는 결심을 했다. ★ 서유진

# 아침밥

박민서

오늘도 역시 엄마의
따뜻한 아침밥 가득

안 먹겠다고,
늦었다고,
빨리 가야 한다는
나

더 먹으라고,
더 먹어야 한다고,
한 숟갈이라도 먹으라던
엄마

오늘도 숟가락을 놓는다

다음날
오늘도 역시 엄마의
따뜻한 아침밥 가득
아침밥에 엄마가 아른거려

오늘은 숟가락을 들어본다

시작(詩作) 노트 

학교 가기 전 항상 엄마가 따뜻한 아침밥을 지어주신다. 엄마가 나를 위해 일찍 일어나셔서 차리셨지만 나는 항상 먹기 싫다며 아침밥을 손도 대지 않고 버리는 경우가 많았다. 엄마의 마음은 생각도 못 하고 투덜대는 나를 반성하며 이 시를 썼다. 그리고 앞으론 엄마의 정성을 생각해서라도 아침밥을 잘 먹기로 다짐했다.

친구의 말

나는 아침밥을 꼭 챙겨먹는 편이고, 우리 엄마는 그런 나를 위해 항상 따뜻한 아침밥을 지어주신다. 하지만 반찬 투정도 많이 하고 투덜대는 일이 많아서 시를 읽으며 반성하는 마음이 들었다. 민서의 시에서는 따뜻한 엄마의 마음이 한 숟갈이라도 더 먹으라는 표현으로 잘 나타난 것 같다. ★ 김유정

# 미로

우지원

과자 코너
장난감 코너
날 홀리는 코너들

예견한 듯한 불안감
느낌이 싸하다

"엄마! 엄마?"
아무 대답이 없다

뒤돌아보니
나 혼자뿐

미로에 갇힌 듯
왔던 길
다른 길 가보지만

"지원아! 지원아!"

익숙한 목소리
안심되는 소리

드디어
나왔다 막막한 미로에서
엄마의 품으로

시작(詩作) 노트

이 날의 기억은 아주 어렸을 적의 한순간이지만 나에게 생생하게 남아 있다. 마트에서 길을 잃고 막막하고 무서웠던 순간을 미로에 갇힌 상황으로, 엄마의 목소리를 듣고 안심했던 순간을 미로에서 빠져나온 상황으로 표현했다.

친구의 말

어린 내가 흥미로운 코너의 유혹에 이끌려 마트에서 길을 잃었다가 엄마를 찾는 과정을 미로에 갇혔다가 빠져나가는 것으로 표현한 것이 인상적이었다. 지원이가 느꼈던 불안감, 안도감이 잘 느껴졌다. ★ 이혜지

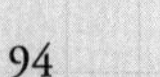

# 2. 꿈을 향해 가는 길

꿈을 향해 달려가지만
현실은 마냥 아름답지 않다.
그럼에도 우리는 한걸음 더 나아가기 위해 노력한다.

# k-고등학생

조수빈

줄지어 걸어가는 개미
손끝에 스치는 바람
푸르른 녹음

평화다
위태로운

유치원복을 입고
엄마 손을 잡고
애기들이 걸어간다

나는 독서실에 가다가
문득,
너는 자라서 겨우 내가 될 텐데*

겨우
겨우 내가 될 텐데

그래도 여전히

우리는
저마다의 방에서
저마다의 꿈을 꾼다

*김애란, <비행운>

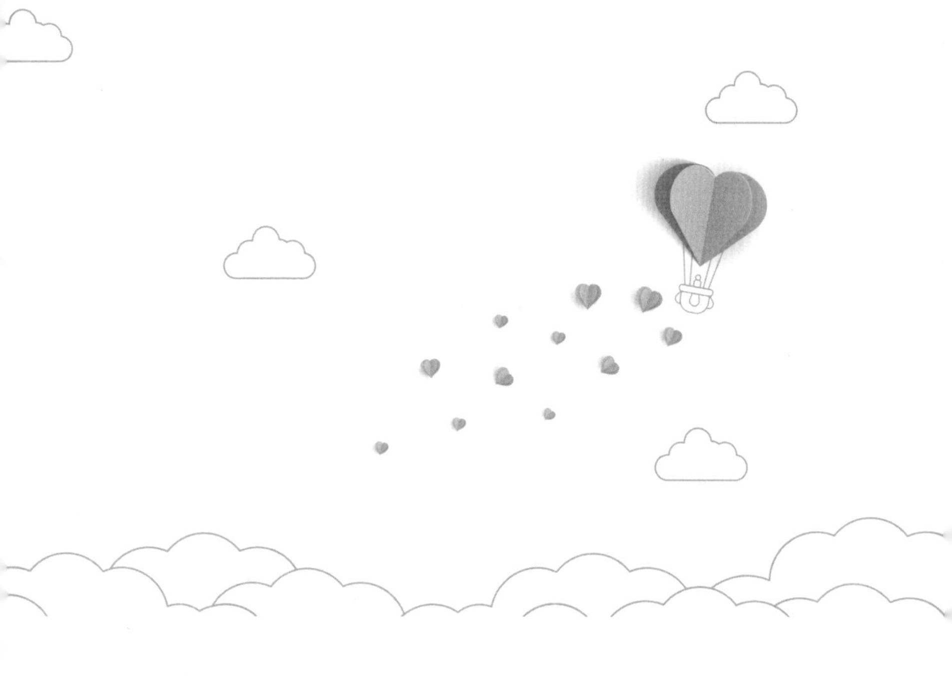

시작(詩作) 노트

봄이었다. 햇빛은 따뜻했고 나무는 푸르렀다. 아이들의 웃음소리가 들려왔고 모든 게 평화로웠다. 나만 빼고. 나는 위태로웠다. 중간고사 2주 전이었기 때문이다. '너는 자라 겨우 내가 되겠지' 김애란의 소설집 〈비행운〉 중 단편 〈서른〉에서 서른 살의 주인공이 다단계 회사에 다니다가 밤늦게 학원에서 나오는 아이들을 보며 하는 생각이다. 이 소설을 읽었을 때 나는 중학교 1학년이었다. 그땐 이게 무슨 저주지 이렇게 생각했다. 독서실에 가다가 쪼르르 걸어가는 아기들을 봤다. 정말 문득, 잊고 지내던 그 문장이 떠올랐다. 그냥 알 수 있었다. 저 조그맣고 예쁘고 순수한 아이들도 언젠가 나처럼 될 거라는 걸. 잘 되어봐야 겨우 나라는 걸. 그제야 비로소 나는 그 문장을 온전히 이해할 수 있었다. 이게 현실이구나 싶었다. 그렇지만 그 독서실에서 칸막이 책상에 앉아 나는 꿈을 꾸고 있었다. 나는 독서실에서, 누군가는 집에서, 또 누군가는 연습실에서 우리는 모두 각자의 꿈을 꾸고 있을 터였다. 그게 바로 한국 고등학생이다.

친구의 말

나도 날씨가 좋은 날이면 내 처지와는 달리 밝고 평화로운 세상을 보며 더 우울해진 적이 많아서 공감되었다. 유치원생이 평범한 고등학생이 되듯이 우리가 하는 노력들이 그저 평범한 어른이 되기 위한 디딤판일 뿐일까 하는 생각이 들었다. ★ 박유진

# 초신성 폭발

장유린

달력을 본다

‘기말고사 D−31’

사태의 심각성을 느낀 나는
활활 타오르는 초신성이 되었다

‘D−21’

교과서 속 주석까지 집어삼킬 듯 뜨겁던 별은
새까만 글씨가 싫증이 났는지
엄청난 폭발음을 삼키며 사라졌다

하지만 그 파편만은 꿋꿋하게 남아
새로운 불꽃을 만들 준비를 하고

꿈을 만나
‘힘’이 되었다

대망의 D-7

꿈의 힘으로 가속을 얻은 파편은
그토록 간절히 바라던
태양을 향해
날아간다

현실에 치여
넘어지고 쓰러져도
멈추지 않고 나아간다

조금씩, 조금씩

그러다 결국 태양에 닿아
황금빛 불꽃 피우고
그 한 몸 불사르겠지

시작(詩作) 노트

시험이 한 달 남았다는 것을 자각하고 열정에 불타는 나의 모습을 초신성에 빗대어 표현하였다. 항상 무언가를 다짐할 때면 열정에 불타 교과서를 삼켜버릴 듯 열심히 임하지만, 그 열정은 오래가지 못한다.

번아웃이 온 듯 공부가 하기 싫은 날도 있다. 하지만 그러고 나선 항상 나를 되돌아보고 거기서 얻은 것을 다음 공부에 적용시킨다. '넘어져도 괜찮으니 꾸준히 하기'가 거기서 얻은 교훈이다. 지금은 만족할 만한 성과를 내지 못하고 있지만, 꾸준히 하다 보면 결국 내가 바라던 결실을 얻을 수 있을 것이라 생각한다.

친구의 말

과정과 결과를 각각 초신성과 태양에 닿는 것으로 표현한 게 인상적이었다. 한정된 시간 속에서 원하는 결과를 얻기 위해 사투하는 초신성에서 우리의 모습이 보였다. 가끔 공부하기 싫어지고 바라던 결과가 나오지 않는 날이 오더라도 꾸준히 달리면 노력은 결국 빛을 발할 것이라는 희망적 메시지를 주는 이 시가 정말 좋았다.

★ 김채윤

# 성숙의 법칙

송빈

설레는 마음과
타오르는 열정

'한 100일은 갈 줄 알았지'

'100일은 무슨'

현실을 직면하는 순간
열정이 배신하는 순간
모든 순간이 고통이었다

그래도 언젠가 고통은 지고
꽃은 피더라

시작(詩作) 노트

나는 꿈과 목표가 생기면 열정이 넘친다. 초반에는 열정이 넘쳐서 이 열정이 끝까지 갈 줄 알았는데 열정은 나를 배신하고, 생각보다 현실이 막막하여 좌절하고 무너지고 괴로워한다. 그런데 그 고통을 겪다 보면 나도 모르는 사이에 내가 성장했다는 것을 느끼게 된다. 요즘 들어 나의 성숙해진 면을 자주 보게 되는데 성숙, 즉 한 단계 올라가기 위해서는 열정으로 시작해 고통의 시간을 겪어야 마침내 목표에 도달할 수 있다는 마치 하나의 법칙이 있는 것 같다. 시의 마지막 구절은 '꽃은 피더라'인데 여기서 열매가 아닌 꽃을 쓴 이유는 꽃은 지고 다시 새로운 꽃을 피우기 위해 성숙의 법칙을 반복한다는 의미가 있다.

친구의 말

빈이의 시는 우리 모두의 이야기인 것 같다. 나는 올해 수능이 다가오자, 곧 내 차례가 오겠다는 거대한 위기감에 휩싸였다. 마음을 다잡고 공부를 시작했지만 우왕좌왕하기 일쑤였고 초반의 열정을 잃고 무기력해지기도 했다. 죄책감에 시달리며 무너지다 회복하기를 반복하며 우리는 성숙해지고 있는 것 같다. 언젠가 우리의 인생에 꽃이 필 것임을 믿으며 포기하지 않고 계속 노력할 것이다.

★ 김연우

# 피아노

김보민

겨우 '시'를 눌렀는데
다시 '도'를 누르고 있다

하지만
손가락을 멈추면
처음부터 다시 시작해야 할까 봐

발을 떼면
연주가 흐트러질까 봐

나는 지금도 피아노를 치고 있다

시작(詩作) 노트

공부하는 과정을 피아노 연주로 비유하고 도레미파솔라시가 반복되는 피아노 건반의 특징을 바탕으로 시를 썼다. 성적을 올리면 뭐라도 될 거라 생각하고 열심히 노력했지만, 무엇을 위해 노력했는지 몰라 허탈함에 다시 처음으로 돌아가버리는 모습, 그렇다고 해서 공부를 멈추고 진로를 바꾸는 결정도 하지 못하는 모습, 한 번씩 슬럼프에 빠져 깊은 고민에 빠져도 이리저리 흔들릴까 봐 멈추지 못하는 모습을 담았다.

친구의 말

진로를 정한 사람도 정하지 못한 사람도 계속해서 고민인 것 같다. 실패에 대한 두려움으로 새로운 길을 찾아보지도 못하고 기계처럼 살아가는 것 같은 요즘의 나에게 공감이 되고 위로가 되는 시였다. 이런 고민에 빠진 모든 사람들이 두려움을 딛고 자신에게 꼭 맞는 악보를 찾아 연주할 수 있었으면 좋겠다. ★손서형

## 미래

서은솔

우리학교 바로 옆 푸른 산속에서 포로롱 노래하는 새의 점심밥보다
저 먼 시커먼 바다 밑 꾸물꾸물 헤엄치는 생명들보다
아주 먼 외부 은하 속 친구들의 정체보다

불확실하고 알기 어려운 것

경험과 지혜의 책들로 지은 도서관을 가진 노인도
세네카, 카네기, 쇼펜하우어, 파스칼, 니체, 알베르카뮈
톨스토이, 루쉰, 한비자, 제자백가도

절대로 알 수 없었던 것

모르기에 뭐든지 될 수 있는 바로 그것
오늘도 나는 책상에 앉아
내 도서관을 지어나간다

시작(詩作) 노트

고등학교에 들어오면서 진로를 정하기 위해 미래에 대해 생각하는 시간이 많아졌다. 그때마다 불확실한 미래가 걱정되고 두려웠다. 하지만 어느 날 진로를 생각하다 세상에 대한 통찰력이 아주 깊은 누구라도 미래를 예측할 수 없다는 것을 깨달았다. 그리고 불확실한 미래에 언젠간 내가 되고 싶어 하는 나의 모습을 이루기 위해선 현재 내가 보내는 시간을 충분히 즐기며, 내가 처한 상황에서 미래를 위해 할 수 있는 최대한을 노력해야겠다고 생각했다. 꿈과 가까워지기 위해 꾸준히 그림실력을 키우고, 단기간의 목표와 장기간의 목표를 잡고 목표를 이루기 위해 노력하는 나를 발견할 때 내가 되고자 하는 나와 한 발짝 더 가까워질 수 있을 것 같다는 생각이 든다.

친구의 말

나도 진로와 미래에 대한 걱정이 많았는데 은솔이의 시를 통해 세상에 대한 통찰력이 아주 깊은 어느 누구라도 미래를 예측할 수 없을 것임을 깨닫고 나니 지금 하는 이 걱정과 막막함도 부질없는 일이 될 수도 있단 걸 느끼게 되었다. 걱정하느라 시간을 낭비하기보다는 지금 내 앞에 놓인 일들에 최선을 다해야겠다. ★ 서지애

# 별

김나영

어릴 적 보았던 밤하늘
희망으로 빛나던
아름다운 너의 모습

차가운 귀갓길
오늘 본 하늘은
희미한 기척만이 맴돌 뿐

밝게 빛나던 너는
어느샌가 사라져버렸다

나는 너를 잃었구나
다시 돌아오지 못할 것을
왜 소중히 다루지 않았는지

시작(詩作) 노트

'어렸을 적에 나는 꿈이 많았는데, 지금은 무엇을 하고 싶은지 모르겠다.', '내가 조금만 더 관심을 가졌더라면 꿈을 계속 간직했을까?' 내가 하는 고민들을 시로 남기고 싶었다.

이 시에서의 별은 '꿈'을 상징한다. 어린 시절의 밤하늘이 아름답게 빛나던 이유는 화자에게 꿈이 있었기 때문이다. 가지고 있는 꿈을 잃으면서 별이 사라지게 되었고 어둠만 남게 되었다. 그 후에 화자가 하늘을 보며 자신이 잃은 꿈들에 대한 후회를 하는 것을 주제로 담았다.

친구의 말

시 내용만 들었을 때도 '너'가 '나'의 일부일 것 같다는 생각이 들었다. 어릴 적 나의 모습과 현재의 나를 분리하고 과거를 돌아보는 건 우리 또래의 학생들이 한 번씩은 해보는 경험인 것 같아서 더 와 닿았다. ★ 여현진

# 공

최시은

모서리가 없는
공

어디로 튀길지 모르는
공

내가 원하는 곳으로
가장 좋은 곳으로

그곳으로
굴러 갔음 좋겠다

시작(詩作) 노트

공은 나의 미래다. 공은 모서리가 없고 둥글둥글하며 어디로 굴러갈지 모른다. 나의 미래 또한 공과 똑같다는 생각이 들었다. 어디로 갈지는 모르겠지만 지금 내가 노력한 만큼의 대가로 내가 원하는 곳으로 가장 좋은 곳으로 갔으면 좋겠다.

친구의 말

시은이는 우리 학교 카누부 소속이다. 평소에 그 꿈을 위해 열심히 달려가는 모습이 시에 잘 담겨 있다. 특히 공의 특징을 자기 모습에 대입한 것이 스스로를 잘 이해하고 있다는 걸 보여주는 것 같다. 나도 나만의 길을 개척해 원하는 곳으로 굴러가는 공처럼 살아가고 싶다. 열심히 노력해 온 만큼 행복과 성공도 뒤따르길 바라고 또 바란다. ★ 도예연

# 메이저(마이너)

장유림

메이저,
모든 사람들은 메이저가 되려 한다
세상의 마이너들은 빛나는 메이저를 우러러본다

하지만
모든 사람들이 메이저라면
메이저가 무슨 의미일까

어쩌면
우리가 또 다른 메이저일지도

그리고
마이너가 메이저일지도

### 시작(詩作) 노트

'주요한'이라는 뜻을 지닌 메이저는 대부분의 사람들이 보편적으로 선망하고 추구하는 대상이지만 오로지 몇몇의 사람들만이 메이저가 된다. 그러나 만약 세상의 모든 사람들이 메이저가 된다면 메이저는 없어질 것이다.

또한 사람들의 관점에 따라 메이저와 마이너가 바뀌기도 한다. 내가 나를 초라하게 느낄지라도 다른 기준으로 보았을 때 나는 충분히 메이저인 사람으로 느껴질 수도 있다. 모든 것을 못하는 사람은 없다. 사람들의 보편적인 기준으로 보았을 때 못하는 것처럼 보이는 것뿐이다. 기준을 바꾼다면 마이너도 메이저다.

### 친구의 말

유림이에게 '네 삶의 메이저는 바로 너 자신이야!'라고 이야기해주고 싶다. 우리는 어쩌면 메이저와 마이너를 구분하기 위해 서로를 끊임없이 비교하고 있는 것일지도 모르겠다. 메이저나 마이너 모두 사람의 수만큼 존재할 거라고 생각한다. 메이저 이채영으로서 메이저 장유림을 늘 응원한다! ★ 이채영

# 꿈과 함께

김유진

세상도 빛을 만나는 7시 34분
졸린 몸을 이끌고 타는 버스

눈에 보이는 같은 옷을 입은 아이들
눈에 보이지 않는 다른 꿈을 찾으러 가는 공간

세상도 빛으로 물든 4시 47분
피곤한 몸을 이끌고 타는 버스

눈을 잠시 감고
꿈을 잠시 꾸는 공간

세상과 빛이 이별한 10시 10분
지친 몸을 이끌고 타는 버스

버스에 탄 많은 사람들
모두 오늘의 꿈을 이룬 사람들

버스는 내게, 어쩌면 우리에게

꿈을 실어주는 공간이겠구나

시작(詩作) 노트

일상 속에 버스를 타면서 항상 하는 생각은 버스를 타는 것이 즐겁다는 것이었다. 버스를 탄다는 것은 새로운 장소로 이동하기 위함이다. 버스를 탈 때마다 잠깐 휴식을 취하거나 지나가는 풍경을 보면서 앞으로에 대해서, 내가 하고 싶은 일에 대해서 나만의 생각에 빠질 수 있는 휴식과 꿈을 주는 공간이라는 생각이 들었다 그래서 버스는 일상 속에서 졸리고, 피곤하고, 지친 우리에게 앞으로 갈 수 있게 해주는 공간이자 휴식처인 좋은 공간이라는 생각에 이런 시를 쓰게 되었다.

친구의 말

나는 버스 안에서의 시간을 따분하고 지루하다고만 생각했는데, 유진이는 버스를 휴식과 꿈을 주는 공간으로 생각한 것이 참신했다. 생각해 보니 버스 안에선 여러 아이디어가 샘솟기도 하고 미래에 대해 많은 생각을 하게 되기도 한다. 유진이의 시를 읽고 나니 일상 속에서 버스를 탈 때마다 즐겁고 설레는 마음이 들 것 같다.

★ 김서연

# 새로운 빵

홍가영

새로운 빵 만드는 날

맛 없으면 어쩌지
모양이 이상하면 어쩌지

여러 불안과 함께
만들어진 새로운 빵

평소보다 더 맛이 없어서
식탁 위에 버려진 빵

"이거 맛있네, 잘 만들었다."

엄마의 말 한 마디에
불안을 벗고 새로운 옷을 입은
새로운 빵

시작(詩作) 노트

새로운 도전에 혼자 겁을 먹고 모든 것을 부정적으로 생각하고 혼자 슬퍼하고 우울해져 있는 경우가 있다. 그때마다 주위 사람의 칭찬 한 마디에 기분이 좋아져서 그 한 마디가 너무 힘이 되었던 경험을 시로 써 보았다.

친구의 말

가영이가 어떤 꿈을 꾸고 있는지 알고 있는 나는 이 시가 모두에게 힘이 되어주는 시라는 생각이 들었다. 평소에 당차고 활발한 모습만 보여서 진로에 대해 이렇게 많은 고민을 하는지도 몰랐는데, 엄마의 말에서 위로 받는 모습을 보니 공감이 되었다. 우리는 여러 불안을 가지고 열심히 달려가고 있지만, 서로의 존재가 위로가 되기도 하고 달려갈 힘이 되기도 한다. 자기만의 길을 향해 열심히 달려가고 있는 가영이를 더 응원해 주고 싶어졌다. ★ 이나경

# 무채색

김규리

내 마음은
우유처럼 흰색

검정색의 성적
검정색의 실기
검정색의 친구관계

붙잡을 새 없이
연탄처럼 검정색이 된
내 마음

회색이 되어도 좋은데
다시 흰색으로
되돌릴 수 있을까

시작(詩作) 노트

순수하고 때 묻지 않았던 내 마음이 나를 힘들게 하는 것들로 인해 어두워지고 순수했을 때로 되돌릴 수 없을 정도로 검정색처럼 새까맣게 되었다. 나를 힘들게 하는 것들은 주로 내신 성적이나 현재 하고 있는 미술, 그리고 복잡하고 어려운 인간관계들이다. 이런 스트레스가 잠시만이라도 없다면 어떨까라는 생각을 해보게 되었다. 검정색에 흰색을 더하면 회색이 되는데, 검정색인 내 마음은 순수한 흰색으로 되돌리려고 애써도 회색밖에 되지 못한다. 회색이 되어도 좋다는 것은 조금이나마 순수해져도 좋을 것 같다는 나의 소망이 담겨 있다.

친구의 말

나도 규리처럼 미술 입시생이다 보니 시로 표현된 마음들이 잘 공감되었다. 연탄처럼 검정색이 된 마음이나 회색이 되어도 좋다는 표현 덕분에 규리의 극복하고 싶은 소망이 더 잘 느껴진 것 같다.

★ 류벼리

## 꽃

김유정

어떤 꽃은 봄에 피고
어떤 꽃은 가을에 피는데
자꾸 재촉하는 개화 시기

어떤 꽃은 여름에 피고
어떤 꽃은 겨울에 피는데
기다리지 못하는 개화 시기

“시험 잘 쳤니?”
“몰라.”
“점수는 언제 오르니?”
“몰라.”

개나리는 봄에 피고
해바라기는 여름에 피고
코스모스는 가을에 피고
동백나무는 겨울에 피는데
이 꽃은 언제 필까?

### 시작(詩作) 노트

요즘 시험 성적에 대해 부모님과 자주 얘기를 하는데, 항상 시험에 대해 물으면 "몰라."라고 대답하는 내가 생각났다. 나는 시험에 대해 얘기할수록 재촉하는 느낌을 받는다. 나를 꽃으로 비유하여 '나라는 꽃은 언제쯤 필까?'라는 생각을 담았다. 각자 좋아하는 꽃이 피는 시기가 달라서 자신만의 꽃이 필 시기를 기다리는 것처럼, 부모님도 나를 기다려주셨으면 좋겠다. 물론 내가 걱정돼서 해주시는 말인 것을 알지만 꽃도 자신의 시기에 맞게 항상 피듯 나 또한 시기가 있을 것이니 그 시기를 기다려주셨으면 좋겠다. 꽃봉오리가 꽃이 되기 위해서 포기하지 않고 결국 꽃을 피우는 것처럼 나 또한 무엇인가 되기 위해 포기하지 않고 노력해야겠다.

### 친구의 말

대부분의 친구들이 똑같은 걱정을 하고 있을 것 같다. 유정이가 이 걱정을 꽃으로 비유해서 더 잘 와닿았다. 우리도 제각각의 꽃들처럼 자기만의 색깔로 자기만의 시기에 피어날 수 있을 것이라는 희망적인 생각이 들었다. ★ 김혜영

# 꼬집는 입들

김서연

일 년에 몇 안되는
가족 대집합 날
바로 그날 입들이 움직인다

이는 칼이요, 혀는 총이로다
호기심 많은 입들은
나를 찌르고 쏘는구나!

성적은 어떻니?
진로는 정했니?
물음표 살인마들의 무차별 공격이 시작된다

침착하게 대응한다
방어성공에 뿌듯할 때쯤
더 치명적인 공격이 다가온다

대학은 어디 갈 거니?
인서울은 할 수 있지?
삼촌은 믿는다!

이건 무리다 방어실패
이러다 산산조각 부서지겠다!
항복!
또 내가 졌다! 꽥!

시작(詩作) 노트

일 년 중 친척들이 모두 모이는 날은 많지 않다. 친척들이 다 모이게 되는 추석 명절, 그동안 서로 어떻게 지냈는지 안부를 묻는다. 요즘 좋은 소식은 있는지, 힘든 일은 없는지 서로에 대해 질문하고 자신의 근황을 전한다. 자주 보지 못하는 사이일수록 서로 더 많은 근황을 궁금해한다. 서로 관심을 가져준다는 것은 좋은 것이다.

하지만 도가 넘으면 해가 된다. 너무 많은 관심은 잔소리로 받아들여진다. 공부와 떨어질 수 없는 사이인 10대들은 성적에 대한 잔소리를 듣는다. 대학입시에 예민한 고등학생에겐 학업에 관한 질문이 잦아서 듣기 싫을 때가 많다. 명절, 친척들에게 성적과 대입에 관한 질문을 받았을 때 부담감을 표현하기 위해 이 시를 창작하였다.

친구의 말

대학 입시에 예민한 고등학생이 받는 무겁고 부담스러운 질문들을 유쾌한 표현들로 풀어낸 게 인상 깊었다. 발표할 때 서연이가 이 익살스러운 분위기를 잘 살려 낭송해 준 것이 특히 재미있었다. 항상 밝은 모습으로 열심히 꿈을 향해 나아가는 멋진 친구 서연이를 진심으로 응원하고 싶다. 파이팅! ★ 최하은

# 계란으로 계란치기

문지영

오늘도 난
계란으로 바위치기를 한다
혹시라도 쉽게 깨질까
단단히 무장을 한 채

바위로 돌진해 본다
콱,
“엄마 나 미술이 하고 싶어요.”

그러나 금이 간 건 계란뿐

다시 바위로 돌진해 본다
콱,
“이제 허락해 주시면 안될까요?”

여전히 미동도 없는 바위

금이 간 계란은
서서히 갈라지기 시작한다

그때,
다급히 들려오는 한 음성

“알겠어. 허락해 줄게!”

자식 이기는 부모 없다더니,
난 계란으로 계란치기를 했나 보다

시작(詩作) 노트

미술이 하고 싶어 내가 엄마에게 허락을 맡는 과정을 표현했다. 허락을 맡기까지의 과정이 순탄하지 않았고 오래 걸렸다. 마치 그 때의 내 모습이 계란으로 바위치기를 하는 것 같아서 나를 '계란', 엄마를 '바위'로 표현했다. 그러나 마지막엔 나의 의견에 따르는 엄마의 모습이 일시적으로 바위처럼 보였을 뿐, 엄마도 나와 같은 계란이었음을 깨닫는 나의 모습을 그렸다. 처음엔 계란으로 바위치기를 하는 것처럼 막막했지만, 결국엔 자식의 말을 따르는 부모님의 모습이 결국 깨져버리는 계란처럼 보였기 때문에 제목을 "계란으로 계란치기"라고 지었다.

친구의 말

지영이의 시를 읽고 처음 미술로 진로를 결정할 때 부모님뿐만 아니라 주위에서 부정적인 반응을 보였던 과거의 기억이 떠올랐다. 결국 내 의사를 존중해 주셨던 부모님의 모습도 시에서 그려진 것과 같았다. '난 계란으로 계란치기를 했나 보다'라는 구절이 특히 인상 깊었다. ★ 김규리

# 벚꽃의 꽃말, 공허

장서령

꽃 필 계절
바쁜 이들이 늘어나는 계절

정신없는 나날에 지쳐
겨우 침대에 도달하게 되면
한순간 죽은 듯이 쓰러졌다
불편함에 눈이 뜨이고

밖은 아직 어둠

잠에 다시 들지 않아
나와 마주한 건
때 맞춰 만개한
거대한 벚꽃나무 하나

꽃잎 비를 맞고 있으니
문득 잡고 싶은 내 맘

오랜 시간 붙들이 보아도
잡힐 리 만무한데

물 먹은 솜 같은 구름 다가와
봄의 끝무렵을 알리니
꽃잎에 둘러싸였던 나뭇가지가
모습을 내비추는구나

해마다 보던 광경이었건만
그 빈자리가 내게
이렇게 크게 다가왔던가

빈자리를 채웠던 꽃잎은
내 의미 없던 과거처럼
순식간에 떠나가고
흔적 없이 스러지고

시작(詩作) 노트

봄이 되면 정신없이 바빠진다. 남들에 비해 그렇게 바쁘지도, 노력도 하지 않았건만. 나는 고작 이 정도로 지치고야 만다. 욕심이 과했을까. 잘해 보고 싶어도 시간만 낭비할 뿐 득하나 보지 못한다. 봄의 막이 내릴 때 비가 내리고 결국 벚꽃은 져버린다. 벚꽃이 있었던 빈자리가 내가 의미 없던 시간 끝에 아무것도 남지 않은 공허함과 같이 느껴진다.

친구의 말

서령이가 봄과 벚꽃이라는 밝고 아름답게만 그려지는 소재로 자신의 쓸쓸하고 답답한 감정을 표현한 것이 대단하다고 느껴졌다. 꽃이 피고 지는 한 순간을 아름답게 그려내서 나도 모르게 장면이 떠올랐고 내 마음까지 공허해졌다. ★ 박민서

# 내 머릿속 물음표

윤세령

딩딩 디리리딩
고요한 새벽, 시끄러운 알람이
내 잠을 깨웠다

나는 기계적으로 일어나
내 책상 앞에 앉고
학교 책상 앞에 앉고
학원 책상 앞에 앉고…

늦은 밤, 나는 고릴라처럼
독서실을 향해 엉금엉금 기어갔다

온종일 내 머릿속에 떠도는 물음표
'나는 지금 무엇을 위해 이렇게 하고 있지?'

어른들은 말한다
'대학에 따라 네 인생이 달라져'

나는 생각한다
대학은 그냥 그저 겉포장지 같은 거라고
대학 잘 못 갔다고 인생이 망하는 게 아니라고

대학만을 중요하게 생각하는 세상과
성적이 가장 중요하다고 말하는 사람들 앞에서

내겐 공허함이 떠돌았다

시작(詩作) 노트

고등학교에 다니는 나는 시험 기간이 되면 평소보다 일찍 울리는 알람 소리에 잠이 깨 공부를 한다. 그런 뒤에 학교, 학원이 다 끝난 후 독서실에서 늦게까지 공부하다 오는 일상이 반복된다. 이런 생활 속에서 문득 내가 이렇게 해야만 하는 이유가 궁금해졌고, 어른들이 얘기하는 '대학'이 내 공부의 목표와 목적이 되는 게 맞는가 하는 의문점이 들어 이 시를 쓰게 되었다.

친구의 말

우리 또래의 대부분의 친구들이 갖고 있을 고민으로 쓴 시라서 그 내용이 크게 공감되었다. 특히 대학은 겉포장지 같은 거라는 표현에 위로를 받기도 했다. 세령이와 같은 고민을 하고 있는 우리 모두가 성적만을 중시하는 사람들 앞에서 공허감을 느끼는 것이 아니라 자기가 가장 중요하다고 생각하는 것을 당당하게 밝히고 자랑스러운 발자국을 남기며 걸어갔으면 좋겠다. ★ 김혜진

# 새벽

정예진

깜깜한 방 안에 불빛 하나
모두가 멈춰있을 때
내 손가락만 바쁘게 움직인다

내일은 뭐하나
화면만 들여다보면
또 바뀌어 있는 숫자

3시 2분
큰일이다

나는 이제야 빛을 감춘다

시작(詩作) 노트

가끔 잠이 오지 않는 날이 있다. 그때 가족들이 모두 잠들고 혼자 깨어 있던 새벽이 생각나서 쓰게 되었다. 생각보다 하루 중에 우리가 혼자서 무언가 할 수 있는 시간이 그렇게 많지 않은 것 같다. 그러다 보니 나만의 시간을 보내며 늦게까지 깨어 있게 되는 상황이 생기곤 한다.

친구의 말

나도 잠이 오지 않아 새벽에 깨어 있는 시간이 많아서 예진이의 시가 공감됐다. 나만의 시간이 없어서 새벽이 되어서야 잠시 휴대폰을 보는 시간을 즐길 수 있다는 게 슬프게 느껴졌고, 새벽을 모두가 멈춰 있을 때라고 표현한 게 인상 깊었다. ★ 김보민

## 숫자의 힘

김채윤

일 년에 여덟 번
회색빛깔의 종이에 적힌

한없이 높아졌다 낮아졌다
내 속도 모르고 하염없이 움직이는 숫자들은

나의 마음을
가시처럼 콕콕 쑤신다

하지만 숫자는 나에게 말해 준다
내가 걸어온 길의 모든 기록들을

하루하루 내가 남겨온 숫자의 발자취는
어느덧 내가 더 높은 곳을 바라보게 하고

하늘 높이 내가 바라보는 곳에
무수히도 많은 꿈의 꽃을 피우게 한다고

저기 많은 별들 사이에서도
내가 가장 빛날 수 있다는 믿음을 주며

시작(詩作) 노트

지금보다 조금 더 어렸을 때 평생 보지도 못한 숫자를 수학 시험지에서 처음 본 적이 있다. 그 당시엔 정말 슬펐고 좌절했지만 자극을 받고 엄청난 노력을 해서 바로 다음 시험에서 점수를 많이 끌어올렸던 기억이 있다. 그 뒤로도 노력에 비해 성적이 안 나왔을 때 이때를 떠올리며 스스로를 위로했다. 우리는 단순히 숫자를 숫자 자체로 받아들이지 않고 우리가 앞으로 더 나아갈 수 있게 해주는 존재로 받아들일 필요가 있다. '이번에 못 쳤으면 다음에 어떻게 열심히 해서 꼭 이 정도까지 올려야지' 하는 목표의식이 생기게 하고 더 높은 꿈과 목표를 갖게 하는 힘을 주기 때문이다.

친구의 말

시험으로 인해 좌절했지만 그걸 극복하고 성과를 얻었다는 게 멋있게 느껴졌다. 만족스럽지 않은 성적을 앞으로 더 나아가도록 하는 자극으로 받아들이는 것이 절대 쉬운 일이 아니란 걸 알기에 채윤이가 정말 대단하다는 생각이 들었다. ★ 박서연

# 타임루프

손소연

잠을 깨면 보이는
똑같은 장면
똑같은 시간들

슬슬 지칠 때도 되지 않았나?
내 마음도 모르고
끊임없이 반복된다

그럴 때마다 상상을 한다
회색 빌딩 감옥 안에서
빠져나오는 그런 상상

좋아하는 사람들과
바다를 걷는
그런 상상을 한다

그러나 다시 반복된다
똑같은 장면과
똑같은 시간들이

시작(詩作) 노트

학교-학원-집 루트가 반복되는 나의 일상이 마치 타임 루프하는 것처럼 느껴졌다. 평범한 일상에 뭔가 특별한 일이 일어났으면 했다. 그럴 때마다 반복되는 일상으로부터 벗어나는 상상을 했다. 내가 좋아하는 사람들과 평소에 가고 싶었던 장소에 가거나 하고 싶었던 일을 하는 상상을 하며 반복되는 삶을 조금이라도 재밌게 견뎌내려고 했다.

친구의 말

반복되는 일상을 타임루프라는 소재로 표현한 게 색다르고 참신하게 느껴졌다. 나도 학교-학원-집이라는 같은 루트를 반복하며 가끔씩 일상에서 벗어나는 상상을 하는 게 잠깐의 휴식이 되기도 한다. 그래서 소연이의 시에 많이 공감됐다. ★ 최혜인

# 지렁이

최혜인

늦은 새벽
홀로 불 켜진 방 하나

끔벅 끔벅
반쯤 감긴 두 눈
겨우 뜨면 보이는

펼쳐진 공책 위로
하나 두울
기어가는

그러다
해 뜨면 숨어버리는

내 새벽 친구

시작(詩作) 노트

시험 기간에 새벽까지 공부하거나 과제를 할 때, 꾸벅꾸벅 졸면서 한 적이 많았다. 피곤해서 눈은 계속 감기는데 그래도 하던 일을 마무리하기 위해 안간힘을 써 눈을 떠 보려고 한다. 무언가를 쓰려고 해도 졸면서 쓰느라 글씨가 늘어지는 모습을 지렁이에 빗대어 표현했다.

친구의 말

시를 읽으면서 혜인이의 조는 모습이 떠올라서 재밌었고, 친숙한 소재라서 공감이 잘 되었다. ★ 박민주

# 나의 자유 시간

시혜리

아침 7시에 눈을 떠
학교 갔다 학원 갔다
집에 돌아와 씻고 누우니 밤 12시

창문 밖의 집들은 하나둘씩 불이 꺼져가고
우리 집 불도 꺼져간다

오늘 하루도 고생했다며 찾아오는
아무도 간섭하지 않는
나의 자유 시간

잠이 와도
지금 눈을 감으면
다시 어제와 같은 하루가 올 것을 알기에

몇 시간 뒤면 사라질
이 자유 시간을 더 붙잡아둔다

시작(詩作) 노트

평일에 일찍 일어나서 학교에 가면 수업을 들으며 공부를 해야 하고 학교가 마치면 학원에 가서 또 공부를 해야 한다. 하루 동안 여러 사람들을 마주치고 하기 싫은 공부도 하고 나면 너무 힘이 든다. 이럴 때마다 아무 간섭을 안 받을 수 있는 조용한 새벽 시간이 나만의 자유 시간처럼 느껴져서 편안하게 휴식을 취할 수 있었다.

친구의 말

나도 아침에 일찍 일어나 일과를 보내고 집에 돌아오면 늦은 시간이 되어버리는 생활을 하고 있고 새벽이 유일한 나만의 자유 시간처럼 편안하게 느껴져서 공감이 잘 되었다. ★ 김정인

# 활자

정수현

활자 속에 갇힌 내 하루

억지로 펴고 있는 문제집들 속에도,
무심코 켜보는 휴대폰 속에도,

온통 활자만이 가득한 내 하루

눈은 침침
옷은 칙칙
관절은 삐그덕
그럼에도 성적은 미끄덩

어디서부터 잘못된 걸까
낭랑 18세라는 말은 누가 만든 걸까

오늘도 졸린 눈 틈 사이로
무수한 활자들이 비틀대며 말을 걸어온다
선불리 포기하기엔 이르다고

그래서 다시 한 걸음 내딛는다
활자로 가득할 내 하루들을 향해

### 시작(詩作) 노트

고등학교에 올라와서 항상 시간에 쫓기고 바쁘게 살다 보니 온종일 활자 속에 갇혀서 하루를 보내는 나 자신이 안쓰러웠다. 그리고 시험을 치고 성적표를 받아들었을 때 결과가 아쉬우면 회의감이 들기도 했다. 또한 하루 종일 보고 있는 책뿐만 아니라 심지어는 우리가 자주 하는 SNS도 활자로 가득 차 있다. 그게 자극적인 글이든, 뉴스든, 다른 친구들이 올린 글이든. 그렇게 바쁘게 살다보니 어느 순간 현실과 가상세계의 경계선이 점점 모호해지는 듯한 느낌을 받았다. 가끔 그런데서 왠지 모를 답답함을 느껴 어플을 지우고 다시 설치하기를 반복한 적도 있었다. 그럼에도 대한민국의 지금을 살아가고 있는 한 고등학생으로서 매일 매일 나를 힘들게 하는 활자들을 포기할 수 없는 마음을 표현해 보았다.

### 친구의 말

나도 고등학생이 되면서 압박감을 더 많이 받게 되었고 다 포기하고 싶은 마음이 들기도 했다. 그래서 시 속의 바쁜 상황이 공감되었고, 그럼에도 불구하고 섣불리 포기하지 않으려는 강인한 마음가짐이 멋있게 느껴졌다. 수현이가 활자 속 시간을 이겨내고 꼭 원하는 것을 이루기를 응원한다. ★ 시혜리

# 묻어버린 밤

정유나

현실에 안주해 자각하지 못했던
크고 작은 상처들

분명 낮 동안 침묵하던 너인데
아무도 없는 밤이 되면 소란스러워진다

고요히 아우성을 들어주다
다시 현실을 살아가기 위해

나는 또, 상처를 묻는다

시작(詩作) 노트

내 손에 언제 다쳤는지 모르는 상처가 생긴 걸 보게 되었다. 보기 전까지는 아프지 않았지만 자각을 한 뒤에는 고통이 느껴졌다. 그 상황이 현실에 치여 자신의 상처를 돌아보지 못하는 나의 상황과 유사하다고 생각되어 시로 표현해 보았다.

친구의 말

상처를 자각하고 난 뒤에도 바쁜 현실 탓에 상처를 묻어둬야 한다는 게 마음이 아프다. 열여덟 우리는 왜 이렇게 위태로운 걸까? 스스로에 대해 고민해 볼 시간조차 충분히 주어지지 않는데 선택의 무게는 너무 큰 것만 같다. 그래도 이런 흔들리는 시기를 함께 버텨 줄 친구들이 있다는 게 참 감사한 일이다. ★ 조수빈

# 가뭄

서민서

공부를 하다가
문득 창밖을 보았다

억수같이 비가 쏟아지지만
까마득히 아래에 있는 땅은
가뭄이 온 것처럼 메말라 있다

땅을 적셔주고 싶다

시작(詩作) 노트

시험 기간의 답답하고 우울한 마음과 공부가 뜻대로 되지 않아 화나는 마음을 시로 표현했다. 그런 마음을 가지고 창밖을 보니 멀쩡하던 땅도 메말라 있는 것처럼 느껴져서 제목을 '가뭄'으로 짓고, 그 땅에 비를 내려주고 싶은 마음을 시로 썼다.

친구의 말

시험 기간엔 답답하고 우울하고 세상 모든 잡생각이 들면서 몸도 마음도 다 힘든데 그런 상태를 메마른 가뭄으로 잘 표현한 것 같아 공감이 되었다. ★ 소효진

## 슬라임

서은혜

방에 들어온 슬라임 하나
침대 위에서 햇빛을 받아 녹아버린 듯

슬라임은 다시 굳으려 발버둥을 치지만
이미 침대와 한 몸이 되어버린 지 오래

"일어나야지… 10분 뒤에는 꼭 일어나야지…."
슬라임의 다짐에도 속절없이 지나가는 시간

방에 들어온 슬라임 하나
침대 위에서 생을 마감한다

시작(詩作) 노트

학교를 갔다 오고 집에 가면 별로 한 게 없다 하더라도 너무 피곤해서 침대에 바로 뻗어버린다. 일어나야지, 일어나야지 하지만 정신 차리고 보면 1시간이 훌딱 넘어가 있다. 학교 갔다 와서 아무것도 하지 못한 채 침대에서 하루를 끝내버리는 안타까운 사건이 일어나기도 한다.

친구의 말

피곤함에 편히 눕고 싶지만 해야 할 일들 때문에 '10분 뒤에 일어나야지' 생각하며 생을 마감하듯이 잠에 드는 것이 내 모습과 똑같아서 놀라웠고, 그 모습을 햇빛에 녹은 슬라임으로 잘 표현한 것 같아 인상적이었다. ★ 서민서

## 10시

이가은

시작을 알리는 알람 소리
학교에서 떠드는 소리
늘 시끄러운 내 주변

빵빵
집에 가는 길
시끄러운 차 소리

현관문을 열면
집안에는 그림자도 없다
캄캄해서 아무것도 없다
아무도 돌아오지 않은 텅 빈 집
외롭다

10시
나는 혼자다

시작(詩作) 노트

야자와 학원 수업을 마치고 집에 가면 10시가 된다. 부모님 두 분 다 늦게 퇴근하셔서 항상 어두컴컴한 집에 들어간다. 늦은 밤 귀가해서 불을 켜면 하루 종일 시끌벅적 많은 사람들 속에 있던 내가 고요하고 어두운 곳에 서 있는 그 시간이 너무 외롭게 느껴진다.

친구의 말

나한테는 10시가 집에서 휴식하는 시간인데 가은이에겐 지친 일상 끝 외로운 시간이라는 것을 알게 되었다. 가은이가 느끼는 외로운 감정이 잘 전달되었다. ★ 홍가영

# 세상에서 제일 부러운 사람

전지우

띠리리리 알람소리
눈꺼풀은 천근만근

양치하고
교복 입고
가방 메고
나가려는데

열려진 문틈 사이
자고 있는 언니

야, 대학생이면 다냐?

시작(詩作) 노트

매일 아침 등교 준비를 하면서, 자고 있는 언니를 보며 부럽고 얄미운 감정을 느꼈다. 막상 학교에 등교하면 수업도 열심히 듣고, 친구들과도 잘 지내는 나지만 아침은 왜 이렇게 힘든지 모르겠다. 힘들고 피곤한 아침에, 그 순간만큼은 언니가 세상에서 제일 부럽다. 자는 것도 부럽고, 대학생인 것도 부럽다. 나도 얼른 대학생이 되어서 여유로운 아침 시간을 가지고 싶다.

친구의 말

지우에게 대학생 언니가 있다는 사실에 놀랐고 나에게도 대학생 언니가 있었더라면 지우처럼 질투가 나지 않았을까 생각해 보게 되었다. 마지막 연에 지우의 부러운 마음이 잘 드러나서 재미있게 느껴졌다. ★ 백지예

# 늪

하혜진

눈을 떠보니
사람들이 열심히 뛰고 있다

뭔지 모르지만 나도
급하게 같이 뛰기 시작한다

얼마나 뛰었을까
숨이 막히는 듯한 더위에
주변에 있는 호수로 첨벙 뛰어든다

하지만 얼마 지나지 않아
나는 깨달았다

여긴 지친 날 쉬게 해주는
호수가 아니라

날 묶어 앞으로 나아가지 못하게 하는
늪이라는 걸

그렇게 난 칠흑 속으로 점점 더 빠져 들어갔다

시작(詩作) 노트

내가 원하는 목표 즉 꿈이 뭔지도 모른 채 다른 애들도 똑같이 공부하는 것처럼 나도 따라가듯이 공부를 시작했었다. 하지만 공부에 금방 지쳐 '오늘은 너무 피곤하다', '내일부터 열심히 해야지' 등 뻔한 자기합리화를 하며 쉬는 경우가 항상 많았다. 이런 행동이 계속 반복되었고, 이제는 익숙해져버렸다. 이런 행동이 결국은 독이 되어 계속 공부하며 성장하는 친구들과 다르게 스스로를 점점 더 망치고 있는 모습을 표현하고 싶었다. 호수에 뛰어든 게 휴식이라 생각하며 노는 나의 행동을 뜻하고 그 행동으로 인해 앞으로 나아가지 못하는 나를 늪에 빠졌다고 표현하였다.

친구의 말

목표도 없이 누군가를 따라 뛰는 모습이 공감되면서도 내 행동을 되돌아보며 반성하게 되었다. 호수에 뛰어드는 것을 휴식으로, 그로 인해 앞으로 나아가지 못하는 나를 늪으로 표현한 것이 신선하게 느껴졌다. ★ 이유원

# 시험지

박보정

주룩주룩 비가 온다
아무 빛깔 없는 회색 도시에
검정 옷 입은 사람들 위로

내 속도 모르고
붉은 빛 비가 회색 도시를 물들인다

폭설주의보여도 좋으니
다음에는 눈이 내렸으면 좋겠다

시작(詩作) 노트

시험을 보고 나서 채점을 하다가 '틀렸다는 표시가 다 동그라미였으면 좋겠다'라는 생각을 했다. 작대기 표시는 비처럼 느껴졌고 동그라미 표시는 눈처럼 느껴졌다. 또 시험지는 갱지로 만들어져 회색빛이고 글씨도 검정색뿐이라서 시험지를 회색 도시와 검정 옷 입은 사람들, 빨간 색연필 표시를 붉은 빛 비라고 표현했다. '폭설주의보'라는 단어로 시험지 자체를 하나의 풍경인 것처럼 그려내고 싶었다.

친구의 말

처음에 제목을 모른 채 보정이의 시를 접했을 때는 왠지 모를 우울감만 느껴졌다. 제목과 시작 노트를 접하고 나니 머리를 한 대 맞은 듯한 느낌이었다. 의미를 알고서 시를 다시 보니 보정이의 표현력이 놀라웠고 내용도 더 공감되었다. ★ 최연진

# 분실물

장서윤

어느새
뒤를 돌아보니
많은 것을 잃은 나

모든 걸 해내기도 힘든데
모두 다 잘하라고 한다

점점 더 나를
옥죄어 가며

하나씩 내려 놓는다
취미, 재미, 친구, 욕구

나를 찾자고 하는 일에
나를 잃어가고 있다

언제쯤 되찾을 수 있을까
이렇게 가다 보면 되찾을 수 있는 걸까

생각이 많은 밤
오늘도 책으로
나를 덮는다

시작(詩作) 노트

고등학교 생활을 하면서 매일 무한 경쟁의 삶을 살아가고 있다. 어느 순간 나의 생활을 돌아보니 내가 좋아하는 것과 나를 의미하는 모든 것들을 내려놓고 공부에만 집중하며 문득 나 자신을 잃어간다는 생각이 들었다. 중학교 때와는 달리 영화 보기, 책 읽기, 좋아하는 분야 탐색하기는 물론이고 모든 시간을 아껴야 하는 만큼 친구와의 관계도 깊게 형성하지 못한다. 가끔, 나의 노력만큼 결과가 나오지 않았을 때 얼마나 더 날 옥죄어야 하는지, 버려야 하는지 회의감이 들며 깊은 생각에 잠기곤 한다. '나'라는 분실물을 언제쯤 다시 찾을 수 있을 것인지 고민하지만 타협하지 못하고 결국 또 다시 일상의 삶으로 복귀하는, 책으로 그 생각을 덮어버리는 모습을 시로 담아냈다.

친구의 말

보통 분실물은 물건들 중 하나를 일컫는 말인데, 진정한 나 자체를 분실물이라고 표현한 게 새로우면서도 왠지 먹먹한 기분이 들었다. 나도 문득 '이렇게까지 살아야 하나'라는 생각이 들 때가 있었지만, 그 물음들을 억누르곤 했다. 하지만 시간이 지났을 때 정말 후회가 될 것은 만족스럽지 않은 결과가 아니라 '잃어버린 나'인 것 같다는 생각이 든다. ★ 박보정

## 나를 위로하는 밤

이지현

한 문제만 실수해도 눈물이 툭,
최선을 다했지만 결과는 아니잖아
다른 애들은 다 잘 친 것 같던데

과정에 최선을 다하자고
결과에 연연하지 말자고
그렇게 굳게 마음을 먹었는데

아무리 노력해도 불안해지는 경쟁이 싫다
하지만 이 경쟁에서 뛰쳐나갈 용기도 없다
내가 잘못인지, 세상이 잘못인지

시험이 끝난 밤
어제의 노력과 내일의 내 꿈을
오랫동안 생각해 본다

그래, 나는 신도 아니지만
악마는 더더욱 아니지 않은가
나 자신에게 말을 건넨다
"수고했어."
"괜찮아."

시작(詩作) 노트

나는 늘 과정이 중요하다고, 결과에는 그다지 연연해하지 말아야 한다고 생각했다. 그러나 고등학교 들어와서 공부하는 게 힘든 것보다 시험의 결과에 미래가 좌우되는 현실 때문에 어쩔 수 없이 친구들의 성적이 신경 쓰이는 게 정말 힘들었다. 특히 2학년 첫 중간고사를 치고 나서는 최선을 다했다고 생각하면서도 결과를 걱정하는 내가 한심하다고 느껴지기도 했다. 그날 밤, 오래 생각한 끝에 내가 완전한 존재가 아니라는 것을 인정하니 마음이 좀 편안해졌다. 이 현실에 발 담그고 있는 이상, 이런 갈등에 힘들어하는 나를 위로해 줄 필요가 있다고 느꼈다.

친구의 말

고등학생이라면 누구나 공감할 만한 소재여서 더 와닿았다. 지현이가 발표했을 때 정말 인상 깊게 봤었다. 특히 '나는 신도 아니지만 악마는 더더욱 아니지 않은가'라는 구절이 너무 신선했고, 저런 발상도 가능하구나 하며 감탄했다. ★ 권기민

# 생일

이예진

점수로 매겨지는
내 생일

생일날 보는
엄마의 화난 얼굴은
어느 때보다 서러웠다

시험을 망치고
도망치듯 뛰어 간
이모 집

내가
이불 속에 숨어
펑펑 울고 있으니

이모가
조심스레 건네주는
미역국 한 그릇

미역국은
아주 짠 맛이 났다

시작(詩作) 노트

생일이 항상 기말고사와 겹쳐 점수를 잘 받지 못하면 가족에게 축하도 받지 못했다. 하지만 그때마다 내 생일을 기억해 주고 미역국을 끓여준 이모에게 미안하면서도 정말 고마운 마음이 들었었다. 축하한다는 말없이도 내 생일을 특별하게 만들 수 있다는 것이 놀라웠다. 엄마의 생일 축하한다는 말 한 마디보다 이모가 끓여준 미역국 한 그릇이 나를 더 지지해 주었다.

친구의 말

생일이 시험과 겹친다는 건 생각만 해도 마음이 불편하다. '점수로 매겨지는 내 생일'이라는 구절은 읽자마자 숨이 턱 막히는 느낌이다. 생일날 예진이를 위로해 준 이모의 미역국은 오랫동안 기억에 남게 될 것 같다. ★ 이세빈

## 반시계방향

현정민

그 시절로 돌아가고 싶다

걱정이 무엇인지 모르던
행복과 기쁨이 당연한 것인 줄 알던
종이 한 장에도 까르르 웃던
그 시절로 돌아가고 싶다

공부를 재밌게 할 수 있었던
경쟁은 게임으로만 했었던
지금은 꿈으로만 갈 수 있는
그 시절로 돌아가고 싶다

영화 속의 주인공처럼 빛날 것이라고
내 삶의 영웅이 되어 대단한 사람이 될 것이라고
꿈을 꾸고 꼭 이뤄낼 거라고 믿었던

어린 시절로 돌아가고 싶다

시작(詩作) 노트

공부, 시험, 미래에 대한 걱정을 하다가 이런 걱정을 하지 않았던 어린 시절로 돌아가고 싶다는 생각을 하면서 쓴 시이다. 시간을 되돌리고 싶은 마음을 반시계방향이라는 제목에 담았다.

친구의 말

정민이의 시를 보니까 고등학생이 되고 입시 경쟁 속에서 지내다 보니 어느새 행복과 기쁨보다 슬픔과 힘듦을 더 많이 느끼고 그 부정적 감정들에 많이 무뎌지기까지 한 것 같다. 정민이도 나처럼 많이 지쳐 있음을 느낄 수 있었다. ★ 김재인

# 자기소개

권기민

"이름이 뭔가요?"
마음속에서
이름을 꺼냈다

"몇 살인가요?"
마음속에서
숫자를 꺼냈다

"좋아하는 색깔은 뭐죠?"
마음속에서
초록을 꺼냈다

"기분이 어떤가요?"
마음속에서
답답함을 꺼냈다

"취미는 뭔가요?"
마음속에서
카메라를 꺼냈다

"꿈은 뭐예요?"
마음속에서
꺼낼 수 없었다 아무것도

시작(詩作) 노트

쉽게 주변에서 들을 수 있는 질문들에 대해 답변하는 내 모습을 담았다. 하지만 꿈이 뭐냐는 질문에는 아무것도 대답을 할 수 없었다. 아직 18살인 나에게 꿈을 정하라는 것은 너무 큰 숙제였다. 그 질문을 받을 때마다 답답하고 막막한 느낌을 시에 표현했다.

친구의 말

진로에 대해 고민하는 학생으로서의 평범한 감정을 시적으로 드러낸 것이 인상 깊었다. 다른 질문들에는 다 답을 하고 꿈이 뭐냐는 질문에만 답을 하지 못하는 부분에서 너무 공감이 되었다. 나 역시 꿈에 대한 질문을 받으면 확신을 갖고 대답하지 못할 것 같다. 아직 우리는 어리고 세상을 많이 경험해 보지 못한 18살일 뿐인데 남은 인생에서 할 일을 정하라는 것이 가끔은 가혹하게 느껴진다.

★이지현

# 3. 관계에 익숙해지는 법

—

누구에게나 삶은 처음이다.

처음이어서 서툴렀던,

더 소중했던 관계에 대한 이야기를 담았다.

## 황화병

최지안

언제일까
네가 푸르름을 잃기 시작한 건

햇볕을 피해 시들어 있는
햇볕을 좋아하던 꽃 한 송이

저를 향한 수군거림에
마지막 남은 꽃잎마저
누렇게 물들어버리고

언제일까
네가 해를 보지 않게 된 건

'돌아가고 싶다'

네가 온전한 색을 가졌던
찬란하고 황홀했던
그때로

시작(詩作) 노트

초등학교 3학년 때, 엄청 밝고 활기찼던 친구가 반에서 왕따를 당한 적이 있다. 그때는 저 친구와 놀면 나까지 따돌림을 당할까 봐 혼자 있던 친구에게 다가가지 않았었다. 이 시는 그때 그 친구를 생각하며 쓴 시이다.

'황화병'은 엽록소의 형성이 방해되어 식물 전체가 누렇게 변하게 되는 병이다. 나는 엽록소 형성이 방해되는 게 햇빛을 받지 못하기 때문이라고 설정했다. 이 친구를 '꽃'으로, 한때 친했지만 이 친구를 따돌리는 무리를 '해'로 비유했다. 자신을 좋아해 주던 친구들(해)이 갑자기 이 친구(꽃)를 따돌려서 이 친구는 자신을 따돌리는 친구들을 피하게 되고, 결국 햇빛을 받지 못해 누렇게 된다고 설정했다. 그 친구는 정말 푸르렀다. 순수하고 밝았다. 그 친구가 밝았던, 나와 친하게 지내던 때로 돌아가고 싶은 바람을 미안한 마음을 담아 마지막 두 연에 담아보았다.

친구의 말

지안이의 마음에 과거의 일에 대한 아픔과 후회가 남아 있다는 걸 느꼈다. 나는 지안이에게 '너도 충분히 그 친구에게 해가 되어줄 수 있는 아이야.'라고 말해 주고 싶다. ★ 이경윤

# 삼원색

장보미

돌고 도는 페이지에
재촉 당해
사라져버린 나

여전히 우릴 비추는
가느다란 빛에 안주했던 것일까

점점 바래지는 우리가
생각나지 않았던 것은
언제부터인지

까만 밤부터 하얀 낮까지
우리가 만든 모든 색에는
우리가 머물렀다

무지개빛으로 빛났던
희고 눈부신 우리 셋을 떠올리며

시작(詩作) 노트

중학교 때 미술을 했었는데 같이 그림을 그리는 것을 즐겼던 친구 2명이 더 있었다. 1학년 때부터 셋이 친하게 지내면서 중학교 내내 친하게 지냈는데 둘 다 고등학생이 되면서 미술 전공이라는 목표를 위해 각자 열심히 노력했다. 하지만 나는 고등학교에서 다른 분야에 관심이 생겼고 그 목표를 이루기 위해 혼자 고등학교 1학년 겨울방학 때 공부에 전념했다. 이렇게 서로가 바쁜 일상 속에서 드문드문 이어져 오던 연락이 자연스레 끊기고, 다시 안부를 묻기엔 어색한 사이가 되어버렸다. 이 시는 쉴 새 없이 반복되는 프린트에 지쳐 끊겨버린 잉크같이 일상에 지쳐 단절되어 버린 우리 셋을 떠올리며 지은 시이다.

친구의 말

나도 비슷한 꿈을 향해 노력하던 친구와 꿈이 달라져 멀어진 경험이 있어서 공감이 되고 마음이 아팠다. 현재는 흑백이지만 과거는 무지개 빛으로 빛났다는 내용이 인상 깊었다. ★ 조세빈

# 의미 부여

김주혜

색깔 없는 너의 말

그런 너의 말에
나는 항상 색칠하기 바쁘다

파란색, 빨간색, 노란색, 초록색

색을 계속 칠하다 보니
나에게 보이는 건

검은색뿐이었다

시작(詩作) 노트

누군가 나에게 툭 던진 말들을 듣고 그 말들에 '나를 싫어하는 건가?', '나한테 화났나?', '아 질투 나.', '설마?', '아, 역시…' 등 끊임없이 의미를 부여하고 또 생각하다 보니 점점 더 생각이 복잡해졌다. 답답하고 막막해진 내 마음을 검은색에 비유해 표현한 시이다.

친구의 말

주혜의 시를 보면서 과거의 내 모습이 떠올랐다. 나 역시도 누군가를 정말 좋아했던 적이 있었고, 친구 관계에서도 친구의 말에 색깔을 칠하며 꾸미기 바빴던 적이 있었다. 어쩌면 우리 모두가 공감할 수 있고 예전의 기억을 떠올려 볼 수 있는 좋은 시인 것 같다.

★ 김재인

# 접촉사고

김혜진

너라는 차에 치였다
평생토록 같이 달릴 줄 알았는데,
나는 여기저기 고장 나
더는 같이 달릴 수가 없게 되었다

멈춘 나를 두고
쌩쌩 달릴 것 같던 니가
내 옆에 멈춰 섰을 때

아, 너도 나라는 차에 치였구나
우리가 앞만 보고 달리는 사이
너와 나는 수도 없이 많은 사고를 내었구나

시작(詩作) 노트

5살 때부터 친해서 같은 초등학교, 중학교를 나오고 힘든 시기에 서로 옆에 있어주던 친구가 있었는데, 서로 다른 고등학교에 진학하게 되면서 고등학교 친구들을 더 신경 쓰느라 서로에게 소홀해졌다. 대부분의 연락도 내가 먼저 하고 연락을 하는 와중에도 친구의 무심한 말에 상처를 받아 친구가 변했다고 느껴졌지만, 떨어져 있는 시간 동안 나도 많이 변했고, 친구도 나 때문에 상처를 받은 일이 많았다는 것을 알게 되어 친구만 나에게 상처를 준 것이 아니라 우리가 서로 상처를 주며 지쳤다는 것을 깨닫게 되어 쓴 시이다.

친구의 말

반 친구들의 시 중에 가장 공감이 됐던 시였다. 나만 이 고민을 하는 줄 알았는데 혜진이를 비롯해 다들 이런 시기를 겪는다는 걸 알 수 있었다. ★ 손소연

# 그때

김민정

어젯밤 꿈속에 네가 내게 다가와
속삭인 그 추억들

멀리 떠난 너를 바라보는
쓸쓸한 내 웃음들

조금만 더 잘해 줄 걸
널 보며 더 웃어줄 걸

떠난 너에게 묻는다
잘 웃는지, 안 아픈지

남은 나에게 더는 묻지 마라
나를 기억하는 순간이
그저
그때이기를 바란다

시작(詩作) 노트

누구에게나 소중한 사람을 떠나보낸 순간이 있을 것이다. 남겨진 사람은 함께 했던 그때 그 순간을 기억한다. 나도 지금 그렇다. 문득 떠오르는 그 추억에 가끔은 괴롭기도, 슬프기도, 기쁘기도 하다. 곁에 있을 때 잘해 주지 못했다는 죄책감과 이젠 곁에 없다는 허무함은 말로 설명할 수 없다. 함께 웃고 떠들었던 추억에 잠기지만 그 얘기를 들어줄 사람은 없다. 그 친구가 떠난 후 꿈에서 다시 만났던 순간을 생생하게 기억한다. 한순간도 잊고 싶지 않은 마음을 담아 이 시를 썼다. 그때 이후 달라진 내가 아닌, 잘 웃던 순간만을 기억해 주면 좋겠다.

친구의 말

만남이 있으면 헤어짐도 있는 법이다. 누구나 그 과정을 겪는다. 나도 누군가를 떠나보내고 슬퍼했던 적이 있다. 민정이도 그런 소중한 사람을 멀리 떠나보내며 슬퍼하고 후회하고 꿈에서 그리기까지하며 그 사랑을 그리워한 것 같다. 이 시를 읽으며 나의 과거를 회상할 수 있었고, 잠시나마 '그때'의 행복한 기억 속에 젖어들 수 있어서 좋았다. ★ 김채윤

## 단짝

박유진

친구가 남긴
마지막 선물
금붕어 두 마리

스물네 시간
하루 온종일
내 머릿속엔
그 둘 생각만

먹었는지
잠은 잘 자는지
잘 지내고 있는지

학교 끝나면
쪼르르 달려와
어항 앞에 앉은 나
어느 샌가 서글퍼져

정다운 금붕어 두 마리
주인이 바뀐 걸
아는지 모르는지

시작(詩作) 노트

항상 같이 지냈던 단짝 친구가 이사를 가게 되면서 나에게 남긴 마지막 선물인 금붕어 두 마리. 학교에 가서도, 심지어 자기 전에도 금붕어가 잘 지내는지 걱정되어 어항 앞으로 가 금붕어를 쳐다본다. 하루종일 금붕어만 바라보다 친구를 그리워하며, 그런 나와는 상반되게 서로 정다운 금붕어 두 마리를 보고 슬퍼하기도, 예전의 친구와 나를 떠올리기도 한다.

친구의 말

단짝에 대한 그리움과 애틋함을 친구의 마지막 선물인 금붕어로 잘 전달한 것 같다. 친구가 준 '마지막' 선물이라서, 그 선물을 준 친구는 없어서 서글퍼지는 심정을, 주인이 바뀐 지도 모른 채 헤엄치는 정다운 금붕어와 대조시켜 인상 깊었다. 단짝 친구와 헤어져서 슬프고, 그 친구를 그리워하는 마음으로 어항 앞에 앉아 있는 유진이의 모습이 잘 그려지는 시였다. ★ 서예빈

# 그 순간

이나경

학원 마치고
너랑 걷던 길

가로등이 깜빡깜빡

그 거리 속에
너와 나의 거리가
느껴지는
그 순간

내 눈에 너가
반짝이게 빛이 나던 순간

지금도
잠가둔 마음에서
흘낏 흘낏 열어보는
눈부시게 이쁘던
찬란하게 빛나던
그 순간

시작(詩作) 노트

내가 누군가를 좋아한다고 느꼈을 때, 나 스스로가 반짝반짝 보석같이 빛나고 예쁘다고 느껴지는 순간을 시로 표현하고 싶었었다. 그래서 내가 정말 좋아했던 사람과 학원 수업을 마치고 함께 가는 길, 내가 정말 그 아이를 좋아한다고 느꼈던 순간을 생각하며 이 시를 썼다. 지금도 그때를 생각해 보면 그 추억 자체로도 반짝반짝 빛이 난다. 마음이라는 꼭 잠가 놓은 보석함에 반짝반짝 아름답게 빛나는 것이 차 있는 것 같았다. 지금 생각해도 그 간질간질한 마음은 잊을 수 없다.

친구의 말

시 낭송을 들으며 어두운 밤에 가로등 아래로 두 사람이 웃으며 귀가하는 모습이 저절로 떠올랐고, 그때 나경이가 느꼈을 설렘과 두근거림이 느껴졌다. 예쁜 기억으로 남은 그 상황을 반짝이던 보석 같은 순간으로 표현해서 나까지 간질거리는 기분이다. ★ 손영은

## 열쇠와 자물쇠

이정민

달그락
열쇠와 자물쇠는 서로 잘 맞는 줄 알았어요

그런데 어느 날 열쇠와 자물쇠는 잘 안 맞게 되었어요
자물쇠는 생각했어요
'열쇠가 잘못한 거야 나는 잘못 없어'
열쇠는 생각했어요
'잘 안 맞더라도 열심히 노력해야지'

후회스러운 시간이 지나간 후
열쇠는 말했어요
"안되겠다 우린 안 맞는 것 같아 그냥 내가 떠날게."
자물쇠는 말했어요
"아니야 미안해 내가 잘못했어."

그렇게 둘은 안 맞는 짝이 되어버렸어요
달그락

시작(詩作) 노트

옛날에 나의 친구와 내가 싸운 후 화해하지 못하고 멀어지게 된 이야기를 시로 써 보았다. 열쇠는 내 친구고 자물쇠는 나다. 친구(열쇠)가 미안하다고 먼저 계속 다시 친해지려고 노력했지만 나(자물쇠)는 사과를 받아주지 않았다. 결국 시간이 흐른 뒤에야 나는 후회하게 되었다.

친구의 말

예전에 친구와 다퉜던 경험이 떠올라 공감 가는 시였다. 나도 그때 내 입장만 생각하고 친구에게 무작정 화를 냈었는데 정민이의 시를 보니 그때 경험이 생각나 늦었지만 그 친구에게 미안한 기분이 들었다. ★ 황수연

## 꼬르륵

최연진

별도 달도 잠이 드는 깊은 밤
새벽 갬성에 취해
타자를 토독토독

장난기 가득 차 친구에게 보낸 말
“자니…?”

경멸기 가득 찬 친구에게 온 답장
“미쳤니…?”

별도 달도 잠이 드는 깊은 밤
수치심에 취해
답장도 못한 나는 잠수 중

꼬르륵

시작(詩作) 노트 

새벽 감성(새벽 갬성이라는 시적허용을 사용하여 더욱 재밌게 표현했다. 요즘에 감성을 갬성으로 많이들 표기한다.)에 한창 취했을 때 친구에게 전 애인 느낌이 낭낭한 카톡을 보냈다가 미쳤냐는 소리를 들은 경험을 바탕으로 시를 썼다. 처음에는 장난치고 싶은 마음에 재밌는 반응을 기대하고 카톡을 보냈지만 정작 친구에게서 돌아온 답장은 경멸이 서린 말이어서 혼자 실망했던 적이 있다. 처음엔 실망했지만 조금 지나고 정신이 온전해지니 수치스러워서 이불을 뻥뻥 찼다. 그때는 새벽 2시가 넘어 3시가 다 되어 가는 시간이었다.

친구의 말

'꼬르륵'이라는 제목이나 '별도 달도 잠이 드는 깊은 밤'이라는 표현 때문에 처음엔 이 시가 새벽의 배고픔을 이야기한 줄 알았다. 그런데 알고 보니 새벽 감성에 취해 친구에게 깜찍한 멘트를 남기고 쑥쓰러워하는 귀여운 연진이의 마음이 담긴 시였다. 꼬르륵이라는 표현이 너무 귀엽고, 그 새벽의 감성도 잘 알 것만 같은 시였다.

★ 송빈

# 실

류벼리

길다란 실
두 팔을 벌려도
실의 끝은 보이지 않는다

실을 조금씩 풀어보지만
천천히 풀다 갈수록
끝을 알 수 없는 마음에 다급해지는 손

결국 실은 엉켜버린다
실과 함께 마음도 엉켜버렸다
이내 생각을 정리하고
조금씩 풀어본다

천천히 풀어 봐도 풀리지 않는다면
가위로 자르면 된다
실의 따뜻함에 너무 연연하지 말자

실이 너의 상처를 꿰매주었다고
실이 곱고 좋은 실인 건 구분할 수 없다

시작(詩作) 노트

평소 인간관계에 많이 연연하고 영향을 받는 편이다. 그런 나를 위해 조금은 내려놓아도 된다는 위로의 글을 써 주고 싶었다. 따뜻하고 부드러운 실과 같은 관계라도 꼬이고 잘 풀리지 않아 스트레스를 받는다면 연연하지 않아도 괜찮다는 말을 나에게 해주고 싶었다.

친구의 말

인간관계를 실에 빗대어 표현한 것이 잘 와닿았고 공감하기 쉬웠다. 인간관계에 매달려 괴로웠던 때를 떠올리며 다음에는 좀 더 잘 헤쳐 나가겠다고 다짐하게 해준 고마운 시다. ★ 장서령

# 고래

이세빈

큰 고래가 있다

바닷물을 머금고
다시 뱉어내는

저 큰 고래도
다시 뱉어내는
바닷물을

품으려 한 내가
한없이 작아진다

시작(詩作) 노트

인간관계에서 모든 사람들과 어울리려 했었다. 하지만 가장 큰 포유류인 고래도 모든 바닷물을 머금지 못하는데 내가 모든 걸 머금으려 노력하니 상처를 받게 되는 것 같았다. 모든 사람과 두루두루 어울리면 좋겠지만, 그렇지 못한 경우엔 조금 포기하는 것도 좋은 방법인 것 같다.

친구의 말

세빈이가 고래를 좋아한다는 사실을 알고 있었기에 시를 보고 세빈이답다고 생각했다. 고래는 바닷물을 머금고 등의 구멍으로 다시 뱉어내는데, 이런 특징을 잘 살린 것 같다. 이 시를 읽으면 바다 속에서 고래와 함께 헤엄치는 세빈이의 모습이 떠오른다. ★ 이예진

# 4. 일상 속에서

학교생활이나 여행처럼 누구나 공감할 만한 경험,
코로나, 대화 단절, 역사의 망각까지
일상 속의 깨달음을 담은 작품들이 담겨 있다.

# 눈물을 흘려야겠다

서예빈

뭘 잘했다고 울어
라는 말을 들으면

우리는 눈물조차 흘릴 수 없다

이 침묵 속에서
우리에겐 눈물 흘릴
시간도
장소도 없다

그렇지만 나는
눈물을 흘려야겠다

우는 어른을 달래고
울지 않는 아이를 울게 하는
눈물을 흘려야겠다

한여름 소나기 같은
그런
눈물을 흘려야겠다

시작(詩作) 노트

울거나 눈물을 보인다는 건 굉장히 부정적으로 받아들여지는 경우가 많다. 나는 우리 모두가 눈물의 부정적 이미지에서 오는 어려움을 겪고 있다고 생각한다. 나는 최근 접한 '눈물'이란 시나 '슬픔이 기쁨에게' 같은 시에서 부정적인 것들을 새롭게 인식하는 법을 깨달았는데, 그런 깨달음을 공유하고 싶었다. 눈물을 긍정적으로 인식하는 것은 내가 한 번도 해보지 못한 시도였고, 더 긍정적으로 사고하고 부정적인 감정을 해소하는데 큰 도움이 되었다. 눈물을 흘리는 것은 또한 자신만을 위해서가 아니라 남에게 공감하고 같이 슬퍼하는 중요한 존재라고도 생각한다. 그런 의미에서 '우는 어른을~'은 감정을 제대로 표현하지 못하는 이들을 위로하는 의미이며, '한여름 소나기~'는 시원하게 내리지만 금세 그쳐 다시 맑은 하늘을 보게 해주는, 아픔을 잊게 해주는 눈물이란 의미로 적었다.

친구의 말

나는 예빈이의 시를 읽고 눈물은 찬란한 도시의 밤바다 같다고 느꼈다. 번쩍거리던 도시가 어둠으로 잠식되고 보는 눈 없이 자유롭게 물결치는 바다처럼, 우리의 눈물도 보는 이가 없어야 편하게 쏟아낼 수 있는 것 같다. ★ 신효리

## 사쿠라

이채영

벚꽃 흩날리는 3월의 봄은
왜 이리 서글플까요?

모두 정말 잊은 걸까요
아니면 잊은 척하고 있는 걸까요

무궁화 한 송이 피워보자던
그들의 꿈은
이렇게 져버리는 걸까요

벚꽃 말고 진달래를 봐 주세요
벚꽃 말고 개나리를 봐 주세요

빼앗긴 들에 찾아온 봄은
왔지만
아직 오지 않았습니다

시작(詩作) 노트

벚꽃이 만개한 날 수성못에 놀러 갔다. 친구들과 벚꽃 사진을 찍고 돌아오던 길에 작게 핀 진달래를 보았다. 우리나라에 일본의 국화인 벚꽃은 너무나 많고, 우리나라 사람들은 일본 만화영화를 보고, 일본산 제품을 쓴다.

실제로 수성못은 일제 강점기 때, 일본인이 조선총독부로부터 돈을 지원받아 조선인들을 강제 노동시켜서 만든 농업용 저수지이다. 그곳을 우리는 관광지로 이용하고 있다. 수성못 입구에는 독립운동가 이상화 동산이 있다. 애석하게도 수성못의 가장 높은 곳에는 수성못을 지은 일본인의 묘지가 있다.

'빼앗긴 들에도 봄은 오는가'에서 이상화 시인이 던지고 있는 질문의 핵심은 '들을 빼앗긴 지금 봄이 돌아왔다고 하더라도 과연 우리가 참다운 삶을 누릴 수 있겠는가?' 하는 것이다. 과연 우리는 참다운 삶을 살고 있는가?

친구의 말

매일 가던 수성못을 채영이의 시를 통해 새롭게 알게 되었다. 특히 제목을 일본어로 써서 우리에게 경각심을 준 것이 인상적이었다. 채영이는 공부도 물론 잘하지만 '웃기고 재밌는 친구'라고만 생각했는데 이런 일에도 관심을 갖고 있는 걸 보니 멋있게 느껴졌다.

★ 이가은

# 가려진 표정

이상화

얼굴의 절반을 흰색으로 덮고
눈만 보이는 지금

보이지 않아서
보이는 것으로만 판단하는
우리는

눈으로만 마음을 판단하고
눈으로만 기분을 판단하고
눈으로 모든 것을 판단한다

흰색 뒤에는
눈으로 전하지 못하는
우리의 표정들이
울고 있다

시작(詩作) 노트

코로나19로 인해서 마스크로 눈을 제외한 나머지 얼굴이 가려진 상황에서 눈으로만 나의 모든 것을 판단하는 사람이 있었다. 완전한 표정이 보이지 않아서 내 생각과는 다르게 오해를 받게 된 것이다. 이렇게 코로나19로 인해 마스크를 사용하면서 서로의 진심이 제대로 전해지지 않는 상황을 표현하고 싶었다. 마스크로 가려진 진짜 마음이 보이는 시대가 하루 빨리 왔으면 좋겠다.

친구의 말

모든 사람들이 마스크를 쓰고 살아가는 이 시대에, 오히려 내가 상대방의 눈만 보고 기분이나 마음을 판단했던 것 같다. '흰색 뒤에는 눈으로 전하지 못하는 우리의 표정들이 울고 있다'라는 구절이 확 와닿으면서 공감됐고, 하루 빨리 진실된 표정을 보며 이야기하는 시대가 왔으면 좋겠다는 생각이 들었다. ★ 윤세령

# 한 마디

최가연

수학 테스트를 망쳤던 날
엄마랑 싸웠던 날
그래서 속상했던 날

버스 안 마이크 소리
"오늘 하루도 정말 수고 많으셨습니다."

왜일까?
그날따라 그 한 마디가 다르게 느껴졌다

꽁꽁 언 얼음 같던 나의 마음이
난로 같은 한 마디로
사르르 녹아내렸다

나는 내릴 때 한 마디 외쳤다
"감사합니다."

그날 깨달았다
그 한 마디가
단 한 마디가
어떤 힘을 가지고 있는지를

시작(詩作) 노트

이날은 내가 엄마와 싸우고 난 뒤 수학 학원에서 테스트를 쳤는데 망해서 속상했던 날이다. 속상한 마음으로 학원을 마친 후 버스를 타고 집에 가고 있었는데, 버스 기사님이 갑자기 마이크를 켜고 한마디하셨다. "오늘 하루도 정말 수고 많으셨습니다." 그 한 마디가 굉장히 그날따라 위로의 말처럼 느껴졌다. 말 한마디가 얼마나 큰 힘이 될 수 있는지 깨닫게 된 날이었다.

친구의 말

이상하게 기분이 안 좋을 때 "수고했어."라는 말을 들으면 그 어떤 말보다 위로가 되고 마음이 따뜻해진다. 가식 없는 수고했다는 그 말이 이날 가연이한테도 큰 힘이 됐을 것 같아서 공감이 되었다. 남에게 힘이 되는 말을 많이 해주는 사람이 되고 싶다고 느꼈다.

★ 김지은

# 전단지

박민주

먼지 가득한 냉장고 위에서 발견한
꾸깃꾸깃 전단지

아빠와 소파에 붙어 앉아 함께 보던
소중한 기억들

휴대폰으로 더 간편해진 우리의 삶

뭐 먹을지 고민하던
짧은 시간 '10분'
그 '10분'의 순간조차 힘들어진 요즘

내 마음과는 다르게 무심해져가는 말투
점점 커지는 목소리

"뭐 먹을 건데."
"아무거나 시키라."
"어."

시대가 변한 걸까 내가 변한 걸까

시작(詩作) 노트

예전엔 아빠와 음식 전단지를 보면서 뭘 시켜먹을지 같이 고민하곤 했다. 하지만 요즘은 그런 전단지들을 점점 더 보기 힘들어지고 배달앱을 이용해 시켜먹다 보니 아빠와 함께 전단지를 보며 고민하던 순간들이 그리워졌다. 기술이 점점 더 발전하면서 삶은 편해지지만 가족과 함께하던 순간들은 줄어드는 것 같다.

친구의 말

민주의 시는 현대사회에 살고 있는 많은 이들의 삶을 대변하는 것 같다. 스마트폰 하나만 있으면 자전거도 빌리고 택시도 잡고 장도 보고 배달도 시킬 수 있는 요즘, 소중한 사람들과의 시간이 줄어들었음을 느낀다. 그리고 그 줄어든 시간의 일부는 스마트폰으로 유희를 즐기는 데 사용된다. 어쩌면, 너무 바빠 가족과 함께 보낼 시간이 없다는 말은 핑계가 아닐까? 현대를 살아가고 있는 나에게 많은 반성이 되게 하는 시였다. ★ 장유린

# 부끄러운 엉덩이

여정민

버스 안 책가방 들고
무거운 짐 든 할머니 옆에 두고
엉덩이 숨긴 채 고개를 돌렸다

“나도 서서 가기 싫은데….”

버스 안 아직 열여덟인 나
주황색 가방 멘 어린아이 둘 옆에 두고
엉덩이 숨긴 채 고개를 돌렸다

“얘네 왜 이렇게 찡찡대?”

버스 안 지친 외할머니와
젊은 남자 앞에 섰다
엉덩이 숨긴 채 고개를 숙여버리는 그 남자

억울함이 부끄러움으로
내 엉덩이가 부끄러웠어야 했다

시작(詩作) 노트

이기적일 수 있는 행동들을 억울하다 생각하며 아무런 반성조차 하지 않았던 과거를 떠올리며, 내가 당사자가 되고 난 후에야 그 마음이 잘못된 것이었음을 깨달았다. 그때의 반성하는 마음을 시로 표현했다.

친구의 말

누구나 한 번씩은 겪을 만한 일을 시로 표현한 것이 인상 깊었다. 자리를 비켜드리는 것이 선한 일이고 해야 마땅한 일이라는 것을 알지만, 실제로 이런 상황이 생기면 나 역시 정민이처럼 망설이게 될 것 같다는 생각이 들었다. ★ 전수현

# 달

이유원

늦은 밤 학원이 끝나면
항상 데리러 오는 엄마
엄마랑 이야기하며 집 가는 길에
매번 모양이 달라지는 달이 보인다

낮에 떠있을 땐 어떤 모습인지
잘 보이지 않지만
밤에 떠있을 땐
반쪽이 보이든 반쪽의 반쪽이 보이든
가장 눈부시게 빛나는

누군가의 소원이 맡겨지는
달 같은 사람이 되고 싶다

시작(詩作) 노트

모양이 매번 달라지고, 어두워 잘 보이지 않을 때도 있지만 결국엔 항상 변함없이 자리를 지키며 밝게 빛나고 있는 달이 인상 깊어서 시로 써 보았다.

친구의 말

난 달을 보고 그냥 예쁘다고만 생각했는데 매번 달라져도 변함없이 빛난다는 표현이 인상 깊었다. 이미 유원이는 빛나고 있지만, 보름달에 비는 소원은 더 특별하니까 보름달처럼 멋있는 사람이 되길 바란다. ★ 이정민

# 꿈 속 여행

서유진

마음이 답답하고
세상이 회색빛으로 보일 때

새로운 사람, 새로운 장소,
새로운 경험을 원할 때

내 마음의 나비가 자리 잡고
떠날 준비를 한다

비행기 타고 가려던 그 순간
요란한 알람 소리가 나를 깨운다

결국 아침이 왔다

시작(詩作) 노트

여행을 좋아해서 여행과 관련된 진로를 꿈꾸기도 했었다. 매일 반복되는 일상에 여행을 가고 싶어지지만 코로나19로 떠나지 못하는 날들이 길어지고 있다. 여행을 다녔던 추억들이 많이 떠올랐고, 여행을 가고 싶다는 생각이 자꾸만 들었다. 여행을 가지 못하는 이 시기에 꾼 꿈을 통해 여행을 가고 싶은 간절한 마음을 표현했다.

친구의 말

나도 요즘 여행이 가능했던 시절이 그리워서 여행할 때 찍은 사진이나 동영상을 자주 본다. 그럴 때마다 그곳에서 느낀 감정과 추억이 새록새록 떠오르는데, 그 당시보다 지금의 감정이 더 풍부해졌다고 느껴질 때 내가 좀 더 성장했다고 느낀다. 아마 유진이의 나비도 성장해 있을 것이다. 꿈을 통해 유진이가 원하던 여행을 엿볼 수 있어서 좋았다. ★ 이민조

## 불쌍한 줄무늬

최송아

아침에 차타고 등교하는 중
매번 지나가는 횡단보도 앞에
멈춰섰다

매번 지나가는 횡단보도
오늘은 횡단보도 줄이
더 있었다

"이게 뭐지?"

줄무늬 모양을 가진
줄무늬 고양이
이제 자신의 몸이
하나의 줄무늬가 되었다

줄을 건너다가
줄이 되어버린
줄무늬 고양이

신호가 바뀌자
나도 줄무늬를 건넜다

시작(詩作) 노트

등교하던 중 아침에 항상 지나가던 횡단보도에서 로드킬 당한 고양이를 목격했다. 그 고양이가 너무 불쌍하고 고양이에게 미안한 마음이 들어서 시를 썼다. 원래는 도로가 없는 자연 상태의 길이었는데 사람들의 편의를 위해 만든 도로 때문에 고양이는 그저 반대쪽으로 넘어가려고 했을 뿐인데도 자칫하면 목숨을 잃을 수 있는 위험한 상황에 처하게 되었다. 고양이에게 미안하고 동물이 사람 때문에 이렇게 생명의 위협을 받는 게 정말 부당하고 안타까운 일이라고 생각했다.

친구의 말

횡단보도와 줄무늬 고양이를 연결한 표현이 인상 깊었다. 송아가 본 고양이뿐만 아니라 내가 길에서 봤던 강아지, 새들의 안타까운 모습이 떠올라 가슴이 뭉클해졌다. 마지막 연에서 신호에 따라 줄무늬를 건너는 모습이, 이미 생명을 잃은 고양이를 보고 아무것도 할 수 없었던 모습을 잘 표현하고 있어서 더 슬프게 느껴졌다.

★ 서기주

## 그리운 딱밤

김혜영

"또 너냐?"

어제도 어김없이 내 이마에 부딪히는
선생님의 딱밤
딱! 거리는 소리와 함께 들려오는 "아악!"
부끄러움은 덤인가

교문 앞에서 무시할 수 없는
베일 것만 같은 선생님의 눈빛
딱밤을 잊을 리 있는가

오늘은 딱밤이 아닌
선생님의 아재개그
"하하" 공기 빠지는 웃음소리
부끄러움은 덤인가

시작(詩作) 노트

아침마다 교문에서는 생활복이나 교복을 바르게 입지 않은 채 등교하거나 실외화를 착용하지 않으면 선생님의 딱밤을 맞았다. 처음에는 선생님이 너무 무서웠고 딱밤도 아플 것 같아서 두려웠는데 선생님과 친해지게 되면서 오히려 아침부터 웃음을 안겨주시는 것 같아 싫지 않았다. 나중에는 선생님이 딱밤이 아니라 썰렁한 아재개그를 하셔서 헛웃음만 나오게 되었던 적도 있다. 그때의 딱밤이 그리운 마음이 들어서 신기하기도 하고 선생님의 딱밤은 아프고 싫은 것이 아니라 오히려 날 웃게 하는 것이었다는 생각이 들었다.

친구의 말

나도 혜영이처럼 등교하면서 생활복을 바르게 입지 않은 날에는 혹여 선생님께 지적받지 않을까 전전긍긍했던 기억이 있어서 공감이 되었다. 난 아직 들킨 적이 없지만 이렇게 재밌는 딱밤이라면 나도 한 번쯤 맞아보고 싶다는 생각도 들었다. 내가 혜영이라면, 어른이 되었을 때 이런 사소한 일들이 추억으로 남아 많이 그리울 것 같다. ★ 문지영

# 5. 소중한 무언가

—

남몰래 마음속에 품어온
소중한 무언가를 사랑하는 마음,
그리고 우리의 성장을 담았다.

# 그 자리에 멈춰 서서

김연우

문득 길을 걷다가
부드러운 바람 한켠에 실려 오는 추억에
실오라기 같은 그리움이 스쳐 지나간다

비 내리던 아침의 물먹은 풀잎과 땅의 향기
밤만 되면 들리던 어느 계절의 귀뚜라미 소리

사그라드는 그 형용할 수 없는 느낌을
더 놓치고 싶지 않아 한동안 멈춰선 그 자리

어느덧 붉은 하늘에 그림자 내리고
아직 그 자리에 서 있다

사소하지만 행복했던 추억이,
아득한 그리움으로 남아
나를 휩싸고 돌며 사라진다

시작(詩作) 노트

살아가다 보면 문득 느껴지는, 과거를 불러일으키는 추억의 향기가 있다. 특히 나는 바람을 타고 오는 향기에서 그러한 과거의 기억들을 떠올리곤 하는데, 어릴 적 추억이 담긴 곳의 기억이 나에게 너무나도 소중해서, 향기를 맡게 되면 대부분 어릴 때 살던 곳이 떠오른다. 널찍널찍한 아파트 사이에 무성하게 자라던 초록빛 은행나무가 노란색 잎으로 변해가면서 달라지는 계절의 향기. 그 계절의 향기가 그리워서, 또 그곳의 모습이 너무나 보고 싶어서 이 시를 썼다.

친구의 말

연우는 다른 사람에게 따뜻한 안정감을 주는 친구이다. 가끔은 연우의 말들이 평소 주변 사람들에게는 들을 수 없는 말이라서 낯설게 느껴지기도 하지만 그게 바로 연우의 트레이드마크라고 생각한다. 이 시에서는 그런 연우가 그대로 느껴지고, 진지하게 시를 써 내려갔을 연우가 상상이 되기도 한다. ★ 이다현

# 베이스

김채윤

서울특별시 종로구
낙원동 256
낙원상가

그곳엔
빛나는 민트색이

둥-둥-
심장을 때리는 전기 에너지
민트색 파동

둥-둥-
내 이목을 빼앗은
민트색 곡선,
베이스

시작(詩作) 노트

작년에 낙원상가에 가서 민트색 베이스 기타를 샀던 경험을 떠올리며 쓴 시이다. '낙원상가'라는 여러 악기가 모여 있는 공간이 좋아서 일부러 서울까지 가서 기타를 샀었다. 그래서 나에게 특별한 의미가 있는 낙원상가라는 곳을 시에 넣었다. 그곳에서 민트색 베이스를 처음 발견하고 심장이 매우 떨렸던 기억이 난다. 그 민트색이 너무 인상적이어서 베이스를 '민트색'이라는 단어로 바꾸어 나타냈다. '둥-둥-'이라는 구절은 베이스 소리와 내 심장 소리라는 두 가지 의미를 담은 것이다. 또, '민트색 곡선'이라는 구절도 베이스 몸체의 곡선과 파동이 나타내는 곡선 두 가지를 의미한다. 내가 베이스를 사러 갔을 때 느꼈던 감정과 보았던 것들을 시에 나타내고 싶었다.

친구의 말

이 시를 통해 채윤이가 기타에 관심이 있다는 사실을 처음 알게 되었다. 베이스 기타를 샀던 곳의 주소로 시를 시작한 것이 독특해서 마음에 들었고, '둥- 둥-'이라는 구절이 베이스 소리와 심장 소리를 나타낸 것도 인상적이었다. ★ 최시은

# 진주린

김정인

설레는 마음으로 가게를 둘러본다
작은 눈에 들어온

동그란 눈
진주알 같은 몸
얇은 비늘

작은 어항 속 물고기 세 마리
분홍 마음을 담은 먹이를 주면
쪼르르 달려와
뻐끔뻐끔

볼 때마다 웃음이 났던 날들

시작(詩作) 노트

초등학생 때 진주린을 키우고 싶어 어떻게 키우는지 노트에 적어 부모님께 보여드린 적이 있다. 그때 처음으로 물고기를 키우게 되어 설레는 마음으로 가게를 둘러보았다. 사진으로만 봤던 진주린을 실제로 보니 행복했던 경험을 시로 적었다. '작은 눈'은 초등학생 때의 어린 시절을 표현한 것이다. 또 진주린의 몸이 둥글기 때문에 '진주알 같은'이라 표현했다.

친구의 말

정인이의 시를 읽고 열심히 먹이를 주고 어항을 청소하며 물고기를 키우던 초등학교 시절의 내 모습이 떠올랐고, 물고기와 같은 자그마한 생명체를 바라보는 것만으로도 웃음이 났던 그 시절이 그리워졌다. ★ 서은솔

# 너의 모습

정지은

너의 모습

내 눈에는 보인다
남들은 그냥 넘길 너의 그 한 마디,
나는 하루 종일 네 걱정만 한다
너와 나의 거리
이백구십이 킬로미터
직접 만날 수도,
연락할 수도 없다
네가 힘들어하는 모습만
그저 바라보는 나

바라만 보는 나

시작(詩作) 노트

좋아하는 연예인이 요즘 힘들어 보이는데, 팬으로서 표정과 말투를 보니 많이 지쳐 보여 속상했다. 하지만 그를 직접 만나 위로해 줄 수도 없고, SNS도 하지 않아 연락할 방법도 없어 걱정이 되었다. 힘이 되어주지 못하고 바라만 보는 나의 마음을 담아 시를 썼다.

친구의 말

학생들에게 좋아하는 연예인이란 주변의 그 누구보다도 더 소중하고 사랑스러운 존재로 느껴지곤 한다. 나 또한 공인인 누군가를 열렬히 사랑하는 팬으로서, 먼발치에서 응원과 걱정을 마음속으로 삼킬 수밖에 없는 답답한 상황이 크게 공감이 되었던 시였다.

★ 손승미

# 일기장

남연우

삐뚤빼뚤 구불구불 검은 글자들
글자들 속에 빛바랜 기억이 한가득 안겨 있다

어리숙한 종잇장들이 부끄러워
내다 버리려 다짐하면

"더 크면 이게 다 추억이야."

고개를 갸우뚱거리던 작은 나는
이제서야 먼지 쌓인 종이들의 빛을 발견했다

삐뚤빼뚤 구불구불 검은 글자들
글자들 속에 포근한 추억들이 한가득 안겨 있다

시작(詩作) 노트

중학생 때 집 정리를 하다가 초등학교 저학년 때 쓴 일기장을 발견했었다. 글씨도 삐뚤빼뚤 이상하고 맞춤법도 엉망진창이라 엄마한테 버리자고 말했던 기억이 있다. 그럴 때마다 엄마는 더 크면 그게 다 추억이라는 말만 하셨는데 중학생인 나는 정말 이해가 되지 않았다. 고등학생이 되고 중학생 때의 어리숙함이 옅어질 때쯤 엄마의 말씀을 이해하게 되었다. 어릴 때 썼던 일기장을 읽으면 그 시절로 돌아간 것만 같고 그때의 기억이 새록새록 떠오르는 것이 정말 따뜻한 경험이라는 생각이 들어 이렇게 시로 적게 되었다.

친구의 말

누구든 어릴 적 추억을 가지고 있듯이 나도 연우처럼 어릴 때 쓴 일기장의 삐뚤빼뚤한 글자들을 보며 과거의 나를 떠올렸던 적이 있어서 공감이 되었다. 그 안에 담긴 그 시절만의 순수함과 솔직함이 나에게도 따뜻하게 전해져 오는 것 같다. ★ 하혜진

# 야옹

황수연

내가 한 발짝 다가가면
너는 열 발짝 멀어지고 말지

내가 손을 잡으면
너는 뿌리치고 말지

이름을 부르면
나를 날카롭게 쳐다봐

너는 나를 싫어해

내가 우울할 때면
너는 조용히 곁에 있지

내가 잠에 들 때면
너는 몰래 품으로 다가오지

이름을 부르면
동그란 눈으로 쳐다봐

너는 나를 좋아해

시작(詩作) 노트

이 시의 '너'는 고양이다. 내가 어릴 적에 할아버지 댁에 자주 놀러갔는데, 그때 집안에 살지 않고 마당을 자유롭게 오가며 살던 고양이가 있었다. 그 고양이들 중 한 마리인 '사랑이'를 무척 아꼈는데, 노란색 무늬가 있는 예쁜 고양이였다. 나는 할아버지 댁에서 항상 사랑이와 많은 시간을 보냈다. 새끼 때부터 봐와서 정이 많았는데 어느 날 할아버지 댁에 가보니 사랑이가 뱀에 물려서 죽어 있었다. 그때 너무 슬퍼서 울었던 기억이 문득 떠올랐다. 사랑이와 함께 나누었던 예쁜 추억을 풀어낸 시이다.

친구의 말

대상인 '너'가 화자에게 친숙한 존재라는 것을 한눈에 알아볼 수 있는 비격식적 말투와 포근하고 통통 튀는 분위기가 시를 읽는 것만으로도 기분이 좋아지게 한다. 개인적으로 수연이 시에서 가장 맘에 드는 건 제목으로 '야옹'을 쓴 것이다. 너무 사랑스럽고 행복해지는 시였다. ★ 정현지

# 추억의 맛

최아현

봄바람은 청록빛 향을 가득 머금고
햇살은 나뭇잎 사이사이로 고개를 내민다
아무도 없는 거리
조금 외로울까?
하지만 이 외로움의 맛은 달짝지근, 새콤달콤

모두가 있는 집으로 걸어 간다
모두가 있는 집으로 뛰어 간다
숨을 고르며 현관문을 열면
"왔니? 학교 잘 다녀왔어?"
힘껏 날아오르는 공원의 비둘기처럼
한 번에 날아가 따스한 품에 안긴다

엄마 품에 안겨 도란도란 이야기를 나누던 그날, 2014년의 추억
추억은 아름답게 변하는 것일까 본래 아름다운 것일까
이 추억을 한 단어로 정의하기에는 너무 아름답다

시작(詩作) 노트

초등학생 때 4교시를 끝내고 일찍 집에 가던 하굣길이 너무 신나고 설레서 아직까지 기억에 남는다. 가장 먼저 뛰어나오느라 친구와 만나지 못했지만 혼자 걷는 한적한 길은 내 마음을 편안하게 해주었고, 나를 반겨주는 가족들이 세상에서 가장 좋았다.

친구의 말

봄바람을 노랑, 연분홍이 아닌 청록으로 표현한 것이 새로웠고 추억하는 순간을 맛으로 표현한 것이 인상 깊었다. 그 외로운 거리의 끝이 엄마와의 추억으로 마무리되어서 시에서 느껴졌던 외로움이 다 사라지고 마음이 따스해졌다. ★ 성정은

# 냄새

이다현

냄새
그래 이 냄새

10년 전, 엄마와 간 정원 냄새
9년 전, 벨리댄스 선생님 향수 냄새
7년 전, 다친 친구 거즈 냄새
4년 전, 편안한 수학학원 방향제 냄새
2년 전, 친구들과의 여름 하굣길 냄새

잊힐 때쯤이면
바람타고 오는

불현듯 찾아와
며칠을 추억에 젖게 하는

냄새
그래 이 냄새

시작(詩作) 노트 

어느 날 갑자기 바람에 실려 온 냄새가 내가 잊고 살던 추억들 속 냄새와 같아서 기억이 떠오르는 일이 많다. 그 경험을 시로 나타내고 싶었다. 냄새를 맡을 수 있는 건 참 신기하고 소중한 능력인 것 같다. 냄새 덕분에 잊고 있던 추억의 한 장면이 떠오를 때면, 냄새가 내 추억을 지켜주는 것만 같아 너무 소중하게 느껴진다.

친구의 말

나는 향에 민감해서 내가 좋아하는 시공간의 향을 기억하기 위해 노력한다. 중학교 3학년 때 뿌리던 향수의 향을 맡으면 그때의 추억에 잠겨 잠시나마 행복하고 위로가 돼서 그 향수만 몇 통을 쓰기도 했다. 냄새는 우리 마음속 행복했던 순간들을 떠오르게 한다는 생각을 자주 하는데, 그것이 잘 표현되어 너무 공감됐다. ★ 장서윤

# 벚꽃

최하은

봄이 찾아왔습니다

벚꽃나무엔
벚꽃들이
송이송이 피어났습니다

길을 걷다가
내 마음속 작아져 있던
당신이 문득 생각났습니다

포근한 목소리
전화로밖에 들을 수 없어
따뜻한 미소
사진으로밖에 볼 수 없어

내 마음속 벚꽃나무엔
벚꽃잎들이
하나 둘 뚝뚝 떨어집니다

365일 뒤
봄은 다시 찾아옵니다

그땐 내 마음속 벚꽃나무에
벚꽃들이 다시
활짝 피어나면 좋겠습니다

그땐 이 길을
당신과 함께 걷고 있으면 좋겠습니다

### 시작(詩作) 노트

봄에 벚꽃이 활짝 피어 있었다. 벚꽃길을 걷고 있을 때 사랑하는 가족이 생각났었다. 하지만 그땐 멀리 떨어져 있었기에 함께 그 길을 걸을 수 없어서 슬펐다. 1년 뒤에 다시 필 벚꽃을 기다리며, 1년 뒤에 돌아올 나의 사랑하는 가족인 엄마와 함께 벚꽃길을 걸을 것을 희망하며 가족을 그리워하는 마음을 표현하였다.

### 친구의 말

시를 처음 들었을 때 사랑과 관련된 시인 줄 알았는데 하은이의 설명을 들으면서 가족에 대한 그리움을 담은 시라는 것을 알고 놀랐다. 벚꽃을 매개로 하은이의 그리움을 표현한 것을 보니 내년 봄 벚꽃이 필 때 다시 이 시를 떠올려 보고 싶다. 하은이의 따뜻한 마음을 엿볼 수 있어 좋았다. ★ 이상화

# 신기루

조세빈

딸그랑
문이 열리면
혹시 오빠인가 싶어
나뭇잎 같은 작은 발을 놀려
후다닥 뛰어가던
그때
그 시절

혹시나 하는 그 기대가
가습기 연기와 함께
신기루처럼 사라지던
그때
그 시절

모두 떠나고 홀로 남아
오직 내 이름 불러줄
목소리 기다리던
그때
그 시절

생명줄이라도 되는 양
꽈악 끌어안은 가방이
손에서 베어나온 땀으로 젖어들어갈 때쯤
딸그랑
집에 가자

시리도록 찬란한 노을이 물들던 지붕 아래
나란히 걷던
9년 전
그 시절

시작(詩作) 노트

여섯 살 때부터 맞벌이를 하시던 부모님 때문에 초등학생 시절 학교 내의 돌봄교실에서 방과후를 보냈는데, 늘 마지막에 남아 데리러 오는 오빠를 기다리던 기억이 생생하다. 미리 가방을 싸고 문 근처의 가습기만 빤히 바라보다가 발소리가 들리면 후다닥 뛰어갔는데 늘 다른 친구를 데리러 온 보호자였다.

친구의 말

맞벌이하시는 부모님을 둔 친구들이 항상 학교가 끝나면 하교하는 친구들에게 손을 흔들어주다 돌봄교실로 향하던 걸 본 기억이 난다. 옛날에는 부모님 눈치 안 보고 실컷 놀 수 있겠다는 생각에 마냥 부럽게만 생각했는데, 세빈이의 시를 읽고 나니 혼자 얼마나 외로웠을까 하는 생각이 들었다. 오빠를 기다리던 세빈이의 모습과 가습기의 연기가 머릿속으로 그려져 더 쓸쓸하게 느껴졌다.

★ 남연우